大洋洲

DAYANGZHOU

中国地图出版社

图书在版编目（CIP）数据

大洋洲/于国宏，州长治主编. —北京:中国地图出版社，2005.3
（世界知识丛书）
ISBN 7-5031-3876-9
Ⅰ.大… Ⅱ.①于…②州… Ⅲ.大洋洲—概况
Ⅳ.K96

中国版本图书馆CIP数据核字（2005）第020563号

OCEANIA

总论

大洋洲位于太平洋的西南部和南部、地跨赤道南北的广大海域之中。陆地总面积约897万平方千米（约占地球陆地总面积的6%），人口约3 200万（约占世界人口的0.5%），是世界上面积最小、人口（南极洲除外）最少的一个洲。

大洋洲现有14个独立国家：澳大利亚、巴布亚新几内亚、所罗门群岛、瓦努阿图、新西兰、瑙鲁、基里巴斯、图瓦卢、萨摩亚、斐济群岛、汤加、密克罗尼西亚联邦、马绍尔群岛、帕劳。另有十几个地区为美、英、法、新等国的属地。

全洲除少数地区海拔超过2 000米以外，绝大多数地区海拔都在600米以下。一般分为大陆和岛屿两部分。澳大利亚大陆西部为高原，中部为平原，东部为山地。新几内亚岛（伊里安岛）上的查亚峰海拔5 029米，是全洲最高点。大部分岛屿属于珊瑚礁型，面积小，地势低平。位于澳大利亚东北海岸外的大堡礁是世界上最大的珊瑚礁群，断续绵延2 000余千米，包括约3 000个岛礁，分布面积达21万平方千米。部分岛屿是火山喷发物质堆积而成的火山型。河流稀少，水量不大，旱季有时断流。位于澳大利亚境内的墨累河（达令河为源）是全洲最大、发育最完整的水系，长3 490千米。湖泊较少，最大的湖泊是位于澳大利亚境内的北艾尔湖。有众多的由珊瑚礁围成的礁湖。新乔治亚岛上的礁湖是世界上最大的礁湖之一。

大洋洲大部分地区位于南、北回归线之间，绝大部分地区属于热带和亚热带，除澳大利亚的内陆属于大陆性气候外，其余地区均属海洋性气候。

大洋洲的矿物有镍、铝土矿、金、铬、磷酸盐、铁、银、铅、锌、煤、石油、天然气、铀、钛、鸟粪石等。森林面积占全洲面积的9%。草原面积占全洲总面积的50%。水力蕴藏量为13 500万千瓦。渔业资源丰富，是沙丁鱼、金枪鱼的主要产地。

经济发展极不平衡，澳大利亚、新西兰是发达的工业化国家，其他地区经济较为落后。农作物有小麦、椰子、甘蔗、菠萝、天然橡胶等。畜牧业发达，以养羊为主，绵羊头数占世界绵羊总头数的1/5，羊毛产量占世界羊毛总产量的40%。工业大多集中在澳大利亚和新西兰，主要有采矿、钢铁、有色金属冶炼、机械制造、化学、纺织、建筑材料等。

东海
琉球群岛
台湾岛
巴士海峡
吕宋岛
马尼拉
南方诸岛
小笠原诸岛
火山列岛
北马里亚纳群岛(美)
塞班
关岛(美)
南鸟岛
威克岛(美)
密克罗尼西亚联邦
马绍尔群岛
加罗林群岛
苏禄海
苏拉威西海
棉兰老岛
马鲁古群岛
班达海
阿拉弗拉海
帝汶海
帝力
巴布亚新几内亚
新几内亚岛
莫尔兹比港
所罗门海
所罗门群岛
霍尼亚拉
美拉尼西亚
珊瑚海
大堡礁
瓦努阿图
维拉港
新喀里多尼亚(法)
努美阿
澳大利亚
卡奔塔利亚湾
达尔文
布里斯班
悉尼
堪培拉
墨尔本
阿德莱德
珀斯
大澳大利亚湾
巴斯海峡
塔斯马尼亚岛
霍巴特
塔斯曼海
南回归线
新西兰
惠灵顿
南岛
印度洋
太平洋

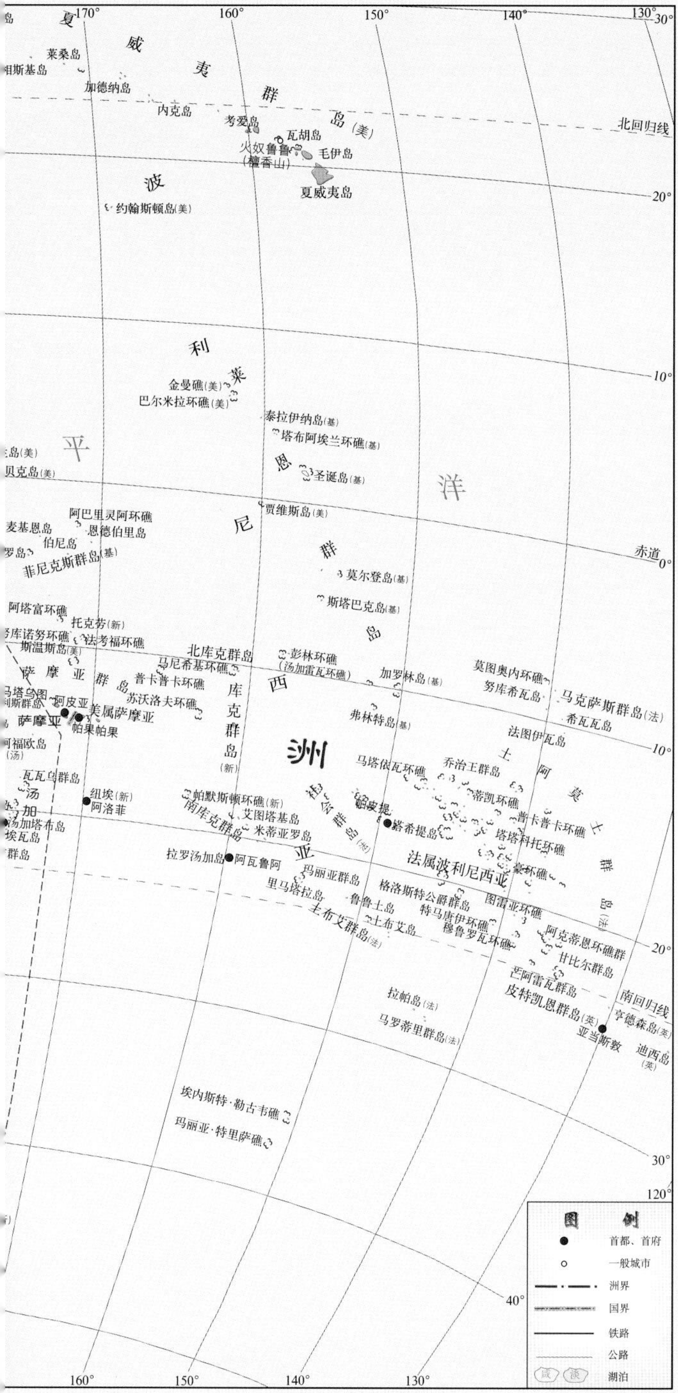

大洋洲地图

夏威夷群岛(美)
莱桑岛
加德纳岛
内克岛
考爱岛
瓦胡岛
火奴鲁鲁
(檀香山)
毛伊岛
夏威夷岛
北回归线
约翰斯顿岛(美)
波
利
尼
西
亚
莱恩群岛
金曼礁(美)
巴尔米拉环礁(美)
泰拉伊纳岛(基)
塔布阿埃兰环礁(基)
圣诞岛(基)
贾维斯岛(美)
平
洋
阿巴里灵阿环礁
恩德伯里岛
麦基恩岛
伯尼岛
菲尼克斯群岛(基)
赤道
莫尔登岛(基)
斯塔巴克岛(基)
阿塔富环礁
托克劳(新)
努库诺努环礁
法考福环礁
斯温斯岛(美)
北库克群岛
彭林环礁
(汤加雷瓦环礁)
马尼希基环礁
普卡普卡环礁
苏沃洛夫环礁
萨摩亚群岛
阿皮亚
美属萨摩亚
萨摩亚
帕果帕果
加罗林岛(基)
弗林特岛(基)
莫图奥内环礁
努库希瓦岛
马克萨斯群岛(法)
希瓦瓦岛
法图伊瓦岛
库克群岛(新)
洲
马塔依瓦环礁
乔治王群岛
土阿莫土群岛(法)
蒂凯环礁
普卡普卡环礁
塔塔科托环礁
豪环礁
社会群岛(法)
帕皮提
塔希提岛
瓦瓦乌群岛
汤加
纽埃(新)
阿洛菲
汤加塔布岛
埃瓦岛
帕默斯顿环礁(新)
艾图塔基岛
南库克群岛
米蒂亚罗岛
拉罗汤加岛
阿瓦鲁阿
法属波利尼西亚
玛丽亚群岛
里马塔拉岛
鲁鲁土岛
土布艾岛
土布艾群岛(法)
格洛斯特公爵群岛
特马唐伊环礁
图雷亚环礁
穆鲁罗瓦环礁
阿克蒂恩环礁群
甘比尔群岛
芒阿雷瓦群岛
皮特凯恩群岛(英)
亚当斯敦
亨德森岛(英)
迪西岛(英)
南回归线
拉帕岛(法)
马罗蒂里群岛(法)
埃内斯特·勒古韦礁
玛丽亚·特里萨礁

图例
● 首都、首府
○ 一般城市
洲界
国界
铁路
公路
咸 淡 湖泊

1:50 550 000

东海
琉球群岛
冲绳岛
台湾岛
玉山
巴士海峡
菲律宾海
吕宋岛
马尼拉
棉兰老岛
苏禄海
苏拉威西海
苏拉威西岛
大巽他群岛
班达海
帝汶岛
帝汶海
努沙登加拉群岛
阿什莫尔礁
罗利沙洲
九州-帕劳海岭
西马里亚纳海盆
东马里亚纳海盆
南方诸岛
小笠原诸岛
火山列岛
北马里亚纳群岛
塞班岛
罗塔岛
阿加尼亚
关岛
马里亚纳海沟
西北太平洋海盆
南鸟岛
威克岛
马绍尔群岛
比基尼环礁
埃内韦塔克环礁
朗格拉普环礁
沃托环礁
夸贾林环礁
乌杰朗环礁
乌贾环礁
奥尔岛
马朱罗环礁
纳莫里克环礁
米利环礁
埃邦环礁
密克罗尼西亚
加罗林群岛
乌利西环礁
雅浦岛
恩古卢环礁
科罗尔
帕劳群岛
松索罗尔群岛
托比岛
索罗尔环礁
沃莱艾环礁
欧里皮克环礁
加费鲁特岛
拉莫特雷克环礁
丘克群岛
帕利基尔
波纳佩岛
莫特洛克群岛
科斯雷岛
(库塞埃岛)
努阔罗环礁
卡平阿马朗伊环礁
美拉尼西亚海盆
美拉尼西亚
阿德默勒尔蒂群岛
马努斯岛
俾斯麦群岛
新爱尔兰岛
新不列颠岛
布干维尔岛
实珍群岛
马鲁古群岛
新几内亚岛(伊里安岛)
毛克山脉
查亚峰
5029
所罗门海
所罗门群岛
舒瓦瑟尔岛
圣伊莎贝尔岛
新乔治亚群岛
霍尼亚拉
瓜达尔卡纳尔岛
马基拉岛
恩德岛
圣克鲁斯群岛
伦内尔岛
路易西亚德群岛
莫尔兹比港
阿拉弗拉海
卡奔塔利亚湾
韦尔斯利群岛
约克角半岛
大堡礁
珊瑚海
威利斯群岛
因迪斯彭萨布礁
新赫布里底群岛
班克斯群岛
圣埃斯皮里图岛
埃法特岛
维拉港
埃罗芒阿岛
坦纳岛
休恩群岛
切斯特菲尔德群岛
新喀里多尼亚岛
努美阿
洛亚蒂群岛
亨特岛
南贝洛纳礁
库尼耶岛
凯托岛
弗雷泽岛
北斐济海盆
南斐济海盆
阿纳姆地
金伯利高原
奥德山
936
利奥波德王岭
巴克利台地
巴特尔弗里尔山
1611
大分水岭
大沙沙漠
麦克唐奈山脉
齐尔山
1510
艾丽斯斯普林斯
吉布森沙漠
伍德罗夫山
1439
马斯格雷夫岭
澳大利亚大盆地(大自流盆地)
大雷岭
南回归线
德克哈托格岛
维多利亚大沙漠
纳拉伯平原
弗林德斯岭
斯蒂普角
达令河
达令山脉
墨累河
蓝山山脉
塔拉
2228
科西阿斯科山
大澳大利亚湾
巴斯海峡
金岛
弗林德斯岛
巴伦角岛
南角
塔斯马尼亚岛
南澳大利亚海盆
塔斯曼海
塔斯曼海盆
豪勋爵海丘
诺福克岛
豪勋爵岛
博尔斯皮拉米德岛
库克海峡
惠灵顿
塔拉韦拉山
库克峰
3764
南岛
西南角
斯图尔特岛
斯奈尔斯群岛
奥克兰群岛
坎贝尔岛
麦夸里岛
印度洋
太平洋
亚洲
大洋洲
30°
20°
10°
0°
40°
50°
100°
110°
120°
130°
140°
150°
160°
170°

大洋洲地势

1:50 550 000

澳大利亚

巴布亚新几内亚

所罗门群岛

瓦努阿图

新西兰

瑙鲁

基里巴斯

图瓦卢

萨摩亚

斐济群岛

汤加

密克罗尼西亚联邦

马绍尔群岛

帕劳

艾尔斯岩

大堡礁

澳大利亚白人

袋鼠

考拉

沙海千山（澳大利亚）

土著人舞蹈（澳大利亚）

悉尼唐人街

悉尼歌剧院

巴布亚新几内亚村落　所罗门群岛的美拉尼西亚人

瓦努阿图民居

新西兰毛利少女

巴斯宫（新西兰）

议会大厦(斐济)

汤加王宫

国家图图例

首都、首府	海岸线
重要城市	珊瑚礁
一般城市	湖泊
村镇	时令河、时令湖
一级行政中心	常年河、瀑布、伏流河、水库
国界	渠道、运河
一级行政区界	井
铁路	火山、山峰
高速公路	沙漠
一般公路	沼泽、盐沼泽
森林公园、自然保护区	
世界遗产	

城市图图例

高速路	体育场
主要街道	医院
次要街道	邮局
铁路	宾馆、饭店
公园	机场
墓地	汽车站
绿地	纪念碑
街区/建筑物	影剧院
风景名胜	博物馆
教堂、清真寺、寺庙	艺术馆
图书馆	学校
	陵墓
	主要建筑
	其它

《世界知识丛书》

大洋洲

目录

澳大利亚

国家概况

国名 澳大利亚联邦(The Commonwealth of Australia)，代码AU。

面积 769.2万平方千米。

人口 人口1 939万，人口密度每平方千米2.5人，是世界人口密度最低的国家之一。

民族 英国和爱尔兰后裔占74.2%。亚裔占7%，华侨、华人约55.6万人(2001年12月)，土著居民占2.4%。

澳大利亚白人——老人

语言 通用英语。

宗教 居民信奉基督教(69%)、佛教、伊斯兰教、印度教和犹太教，非宗教人口占总人口的26%。

首都 堪培拉，位于大陆东南部，人口约32.1万(2001年6月)。

国旗 呈长方形。旗面为深蓝色，左上角为英国国旗图案，表明澳与英国的传统关系；左下角有一颗大七角星，象征组成国家的六个州和联邦区(北部地区和首都直辖区)；右半部有五颗白星，代表南十字星座，为“南方大陆”之意，表明该国处于南半球。

澳大利亚白人——妇女

国徽 中心图案呈盾形。盾面上有六组图案：红色圣乔治十字(十字上有一只狮子和四颗星)代表新南威尔士州；王冠下的南十字星座代表维多利亚州；蓝色的马耳他十字形代表昆士兰州；伯劳鸟代表南澳大利亚州；黑天鹅代表西澳大利亚州；红色狮子代表塔斯马尼亚州。盾形上方为一枚象征英联邦国家的七角星。盾形两旁为袋鼠和鸸鹋，是澳大利亚

万顷草原

沙海孤洲

一望无际的沃野

特有动物，为国家的标志、民族的象征。背景为澳大利亚国花金合欢。下部绶带上用英文写着“澳大利亚”。

国树 桉树。

国花 金合欢。

国鸟 鸸鹋、琴鸟。

货币 澳大利亚元，汇率：1澳元=0.5926美元(2003年3月)。

自然地理

位于太平洋西南部和印度洋之间。领土由澳大利亚大陆及塔斯马尼亚岛等周围海岛组成。东西距离约4 000千米；南北距离约3 860千米。海岸线总长36 735千米。

澳大利亚大陆是一块古老大陆，经过长期强烈的侵蚀，地势低平，地表平均高度350米。仅大陆边缘地势隆起，但所占面积很小。东部为山脉、台地和谷地错综交接的狭长地带，其南部的澳大利亚山脉主峰科西阿斯科山海拔2 228米，是全国的最高点；中部平原平均海拔在200米以下，面积约为整个大陆面积的25%，位于中部大盆地的北艾尔湖湖面在海平面以下16米，为全国最低点；西部高原的面积约占整个大陆面积的60%，大部分为沙漠和半沙漠，海拔多在200～500米之间。墨累河（达令河为源）全长3 490千米，是境内最长河流。以北艾尔湖为中心的大盆地

干涸的湖泊

澳大利亚西南部的海岸地形险峻，图为堪称澳洲奇景之一的“十二门徒”。

有些间歇性内陆河，仅雨季时才有水，最大的内流河是迪亚曼蒂纳河。

除大陆东南部和塔斯马尼亚属温带气候外，大部分地区属热带和亚热带气候。

澳大利亚独特的动物资源

由于古老的澳洲大陆远离其他大陆，因此保持了物种在进化上的独特性，使其独有动物种类繁多，令人耳目一新。在众多的动物种类中，犹以袋鼠、考拉、鸸鹋和鸭嘴兽这四种动物最为著名。

袋鼠原产于澳大利亚和巴布亚新几内亚的部分地区。其中，有些种类为澳大利亚独有。

袋鼠与它的近亲共有60多种。所有袋鼠都属于“麦克罗波迪埃”（意为“长着大脚的”）袋鼠大家庭。不同种类的袋鼠在体积和重量上相差很大，从0.5千克到90千克不等。其中波多罗伊奈科袋鼠只有澳大利亚才有。

袋鼠是一种很原始的低等哺乳动物。所有的雌性袋鼠都长有前开的育儿袋，育儿袋里有四个乳头。幼鼠出生时，发育不完全，它爬到母兽的育儿袋里吮吸母乳，直到发育完全，可以自立时才离开母体独立生活。

袋鼠前肢短小，后肢长而发达，善于跳跃和奔跑。袋鼠尾巴粗而强壮，在跳跃过程中起到平衡身体的作用，当缓慢移动时，则可作为第五条腿。袋鼠是食草动物，多吃植物，有的还吃真菌类。它们大多在夜间活动，也有些在清晨或傍晚活动。

袋鼠是澳大利亚的国兽，各州的法律均保护袋鼠，这包括以严厉的处罚来防止对袋鼠的残害或不道德行为。在澳大利亚的公路旁，经常可以看见提示过往车辆注意袋鼠

袋鼠

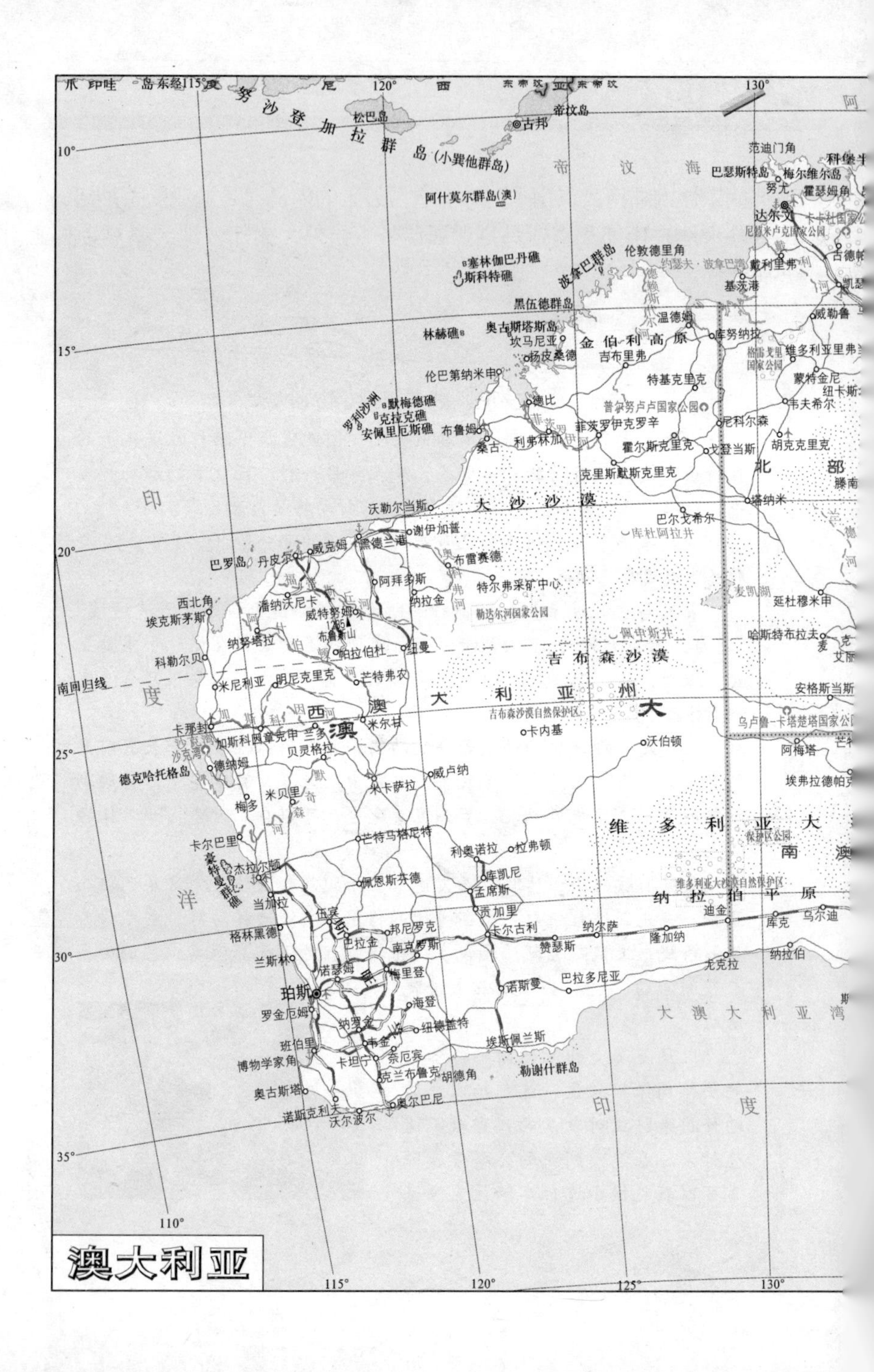

澳大利亚
西澳大利亚州
珀斯
达尔文
大沙沙漠
吉布森沙漠
维多利亚大沙漠
纳拉伯平原
金伯利高原
大澳大利亚湾
帝汶海
印度洋
努沙登加拉群岛(小巽他群岛)
南回归线

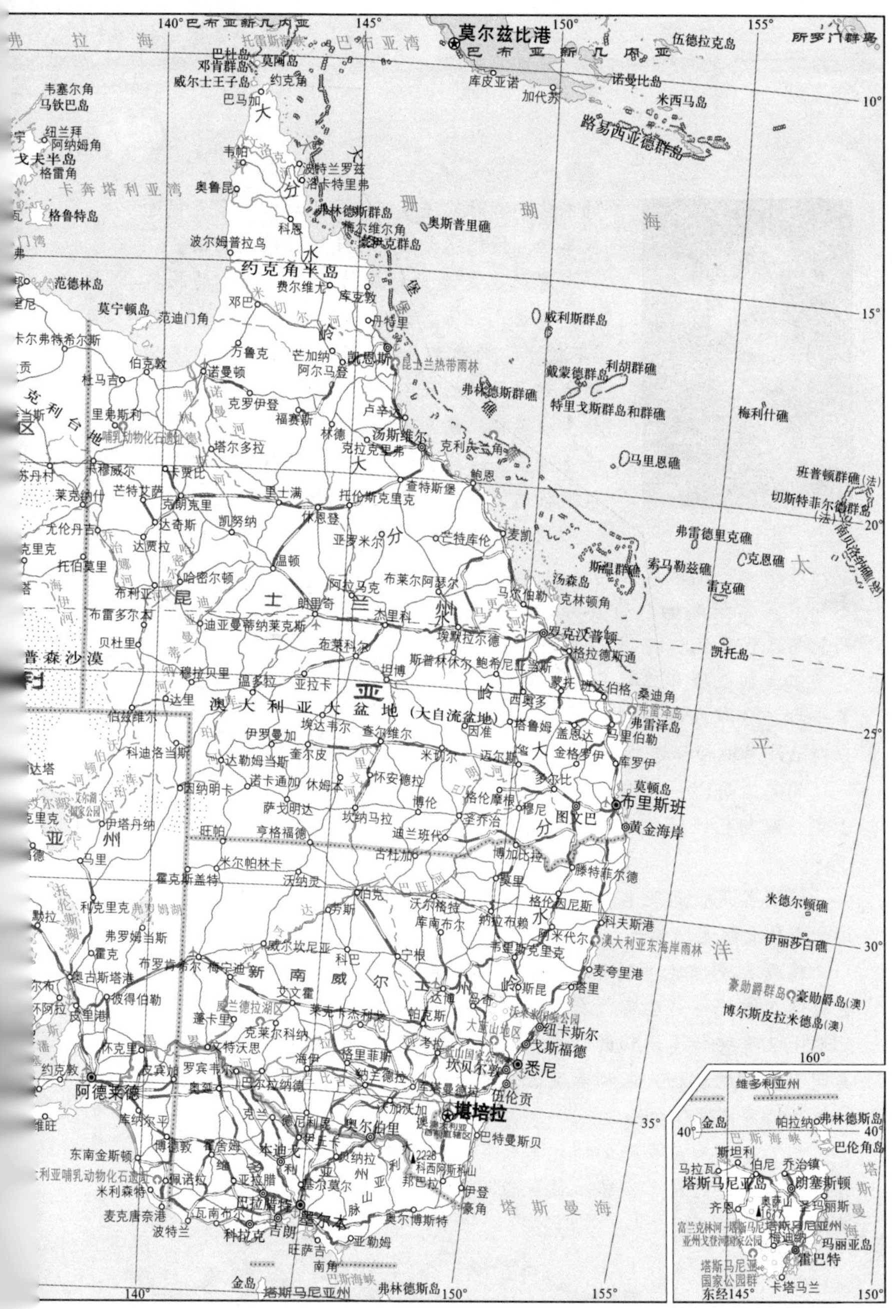

巴布亚新几内亚
巴布亚湾
莫尔兹比港
巴布亚新几内亚
伍德拉克岛
所罗门群岛
库皮亚诺
加代苏
诺曼比岛
米西马岛
路易西亚德群岛
巴杜岛
邓肯群岛
莫阿岛
威尔士王子岛
约克角
巴马加
韦塞尔角
马钦巴岛
纽兰拜
阿纳姆角
戈夫半岛
格雷角
卡奔塔利亚湾
格鲁特岛
韦帕
奥鲁昆
波特兰罗兹
洛卡特里弗
弗林德斯群岛
梅尔维尔角
科恩
奥斯普里礁
珊瑚海
波尔姆普拉乌
约克角半岛
范德林岛
费尔维尤
库克敦
邓巴
莫宁顿岛
范迪门角
丹特里
威利斯群岛
大分水岭
卡尔弗特希尔斯
方鲁克
芒加纳
凯恩斯
昆士兰热带雨林
伯克敦
阿尔马登
戴蒙德群礁
利胡群礁
杜马吉
诺曼顿
克罗伊登
弗林德斯群礁
福赛斯
卢辛达
特里戈里斯群岛和群礁
梅利什礁
里弗斯利
哺乳动物化石遗址
林德
汤斯维尔
克利夫兰角
塔尔多拉
克拉克克弗
马里恩礁
卡穆威尔
卡费比
里士满
托伦斯克里克
查特斯堡
鲍恩
班普顿群礁(法)
苏丹村
莱克纳什
芒特艾萨
克朗克里
切斯特菲尔德群岛(法)
达奇斯
凯努纳
休恩登
尤伦丹吉
亚罗米尔
芒特库伦
麦凯
南回归线
达贾拉
弗雷德里克礁
克里克
温顿
布莱尔阿瑟尔
斯温群岛
索马勒兹礁
克恩礁
太平洋
托伯莫里
哈密尔顿
汤森岛
布利亚
阿拉马克
马尔伯勒
雷克礁
克林顿角
昆士兰州
布雷多尔太
朗里奇
杰里科
迪亚曼蒂纳莱克斯
埃默拉尔德
罗克汉普顿
贝杜里
格拉德斯通
凯托岛
辛普森沙漠
布莱科尔
斯普林休尔
鲍希尼亚当斯
坦博
穆拉贝里
温多拉
亚拉卡
蒙托
班达伯格
桑迪角
达里
澳大利亚大盆地(大自流盆地)
西奥多
伯兹维尔
埃达韦尔
塔鲁姆
盖恩达
弗雷泽岛
伊罗曼加
查尔维尔
因准
马里伯勒
科迪洛当斯
奎尔皮
米切尔
迈尔斯
金格罗伊
达勒姆当斯
怀安德拉
多尔比
库罗伊
因纳明卡
诺卡通加
休姆本
格伦摩根
莫顿岛
萨戈明达
博伦
穆尼
图文巴
布里斯班
坎纳马拉
圣乔治
伊塔丹纳
黄金海岸
旺帕
亨格福德
迪兰班代
古杜加
博加比拉
米尔帕林卡
滕特菲尔德
霍克斯盖特
沃纳灵
巴旺河
伯克
沃尔格特
利克里克
弗罗姆湖
格伦因尼斯
芳斯
库南布尔
米德尔顿礁
纳拉布赖
科夫斯港
弗罗姆当斯
阿米代尔
伊丽莎白礁
威尔坎尼亚
澳大利亚东海岸雨林
霍克
科巴
韦里斯克里克
奥古斯塔港
布罗肯希尔
梅宁迪
宁根
麦夸里港
新南威尔士州
斯昆
塔里
文文霍
达博
豪勋爵群岛
豪勋爵岛(澳)
彼得伯勒
梅宁迪湖
皮里港
莱克卡杰利格
马奇
博尔斯皮拉米德岛(澳)
蓬卡里
帕克斯
纽卡斯尔
克莱尔科纳
大蓝山地区
戈斯福德
怀克里
文特沃思
海伊
格里菲斯
考拉
悉尼
约克敦
阿德莱德
皮宾加
罗宾韦尔
纳兰德拉
坎贝尔敦
巴尔拉纳德
奥延
瓦加瓦加
古尔本
伍伦贡
维多利亚州
大加沃加
塔斯曼海
堪培拉
金岛
帕拉纳
弗林德斯岛
维旺
克兰
德尼利昆
奥尔伯里
巴斯海峡
巴伦角岛
斯坦利
乔治镇
东南金斯顿
博德敦
霍舍姆
本迪戈
科西阿斯科山
马拉瓦
伯尼
塔斯马尼亚岛
朗塞斯顿
亚拉腊
邦巴拉
伊登
齐恩
奥萨山
圣玛丽斯
米利森特
佩诺拉
塞尔莫尔
豪角
富兰克林河-塔斯马尼亚荒原州立公园
巴拉腊特
墨尔本
奥尔博斯特
梅迪纳
玛丽亚岛
麦克唐奈港
瓦南布尔
波特兰
科拉克
吉朗
霍巴特
塔斯马尼亚国家公园群
东经145°
卡塔马兰
旺萨吉
亚勒姆
南角
弗林德斯岛
塔斯马尼亚州

1 : 20 260 000

考拉

的木牌。有时候还可以看见成群的袋鼠无视过往车辆、慢悠悠大摇大摆走过公路的场面。

考拉也是澳大利亚特有的有袋类动物之一。据说，在土著语中“考拉(Koala)”一词是“不饮水”的意思。当土著人在漫长的岁月里观察到这种动物从不饮水之后，故取此名。考拉生性温良，憨态可掬，非常讨人喜欢。它生活在树上，以桉树叶为食，因为桉树叶中含有催眠物质，所以考拉吃饱了就在桉树上酣睡。

鸸鹋是澳大利亚的国鸟。它与鸵鸟极其相似。体形上，鸸鹋比鸵鸟略小。最大的不同点是，鸸鹋的双脚各有三个脚趾，而鸵鸟只有两个。

鸸鹋

澳大利亚原有鸸鹋多种，现只剩下了一种，分布在澳大利亚西南一隅、部分内陆沙漠地带和塔斯马尼亚部分地区。

鸸鹋身高1.5～1.8米，体重达50～60千克。双翅已经退化，不能飞行，但善于奔跑。

鸭嘴兽是世界驰名的珍稀动物，也是澳大利亚国宝。它栖息在水边，以捕食水生物为生，是现存最原始的哺乳动物之一。

鸭嘴兽是哺乳类的脊椎动物，但却是卵生。它不但有鸟类的喙，也会像鸟类一样自己营造窝巢孵蛋。它在水中游行像鱼一样自如，在陆地上又有爬行类动物的特性。这种兼备哺乳类、爬行类、鸟类和鱼类四大特征的动物，长相着实古怪。难怪，一百多年前科学家们并不相信有鸭嘴兽这种动物存在。

鸭嘴兽作为最原始的哺乳类代表动物，在研究哺乳类的起源方面有着极其重要的科学价值，被认为是证明哺乳类起源于古代爬行类的活化石。

历史

原为土著人居住地。1770年成为英国殖民地，英国移民逐渐增多。1901年，澳各殖民区改为州，组成澳大利亚联邦。1931年独立，为英联邦成员国。

寻找“未知的南方大陆”

中世纪欧洲的某些书籍中，经常出现有关“未知的南方大陆”的描述，说那里遍地黄金，有取之不尽的珠宝和矿藏。这使国王、大臣、探险家们垂涎欲滴。从16世纪开始，他们纷纷派人或亲自出动，去寻找心目中的那片乐土。

1519～1606年葡萄牙、西班牙探险家仅仅发现了澳大利亚周围一些岛屿。

1606年，荷兰船长威廉·扬茨指挥“杜夫根号”探险船在围绕新几内亚岛（伊里安岛）寻找黄金时，曾进入卡奔塔利亚湾，并在约克角半岛西海岸一处浅海滩登陆。这是首批登上“南方大陆”的欧洲人。但扬茨至死也不知道他所到达的海湾就是分割开新几内亚岛和“南方大陆”的海湾，他一直认为他所到达的陆地是新几内亚岛的一部分。

1616年，荷兰航海家德克·哈托格乘“爱因德莱特号”到达澳洲大陆西海岸的沙克湾，并登上了后来以他名字命名的“德克哈托格岛”。

1623年，一艘名为“阿纳姆号”的荷兰探险船曾到达卡奔塔利亚湾西海岸，并将所发现的陆地命名为“阿纳姆地”。

1626～1627年，荷兰航海家皮特尔·努兹探测了澳大利亚南部1 600千米的海岸线，并绘制了地图。

1642年，荷兰东印度公司董事会做出了对“南方大陆”进一步探险的决定，任命航海家艾贝尔·塔斯曼为探险队指挥官。1642年8月，塔斯曼率船队从巴达维亚（今雅加达）出发，开始第一次航行。他们以逆时针方向绕行澳大利亚，发现了塔斯马尼亚岛，接着又发现了新西兰西岸和斐济群岛。1644年，塔斯曼再度奉命出航，这次塔斯曼先到达卡奔塔利亚湾，然后沿约克角半岛西行，一直到达澳大利亚西海岸中部的威廉斯河一带。塔斯曼把他发现的地区绘入荷兰版图。

1665年，荷兰殖民者对他们发现并初步勘察过的“南方大陆”的西部，宣布占领，并命名为“新荷兰”。但由于荷兰人在这里没有找到黄金和香料，加上他们又认为这里极度荒凉，土著居民极端落后和野蛮，渐渐地荷兰人对这里失去了兴趣，因而放弃了对澳大利亚进一步的勘察和探险。

英国人对“南方大陆”的探险活动较晚，始于荷兰人放弃对“南方大陆”探险以后。第一个到达澳大利亚的英国人是一位叫威廉·丹皮尔的海盗，他于1688年和1699年分别到达了澳大利亚西北岸和西海岸。威廉·丹皮尔两次来澳大利亚探险所见到的景象与荷兰人没有什么不同，他在其著作《新荷兰航行日记》中关于澳大利亚极度荒凉的描述影响了整个欧洲。此后近七十年无人再去澳大利亚探险，至此揭开整个“南方大陆”之谜一直被拖到了1770年。这一年，詹姆斯·库克(James Cook)船长到达澳大利亚东海岸。

1768年，英国海军部要派人前往南太平洋观测金星。詹姆斯·库克接收了这一任务。离开英国前，库克接到海军部的密令，要他在完成对金星的观测后，顺便到南纬40度线水域去寻找“南方大陆”，因为当时流行一种说法：在南美洲和新西兰之间有一块大陆，大陆西端就是新西兰和塔斯马尼亚。观测金星的地点是太平洋上的塔希提岛(位于西经150度以东，是社会群岛的一个岛屿)。库克船长率“努力号(Endeavour)”绕过南美洲南端的合恩角，于1769年1月27日进入太平洋，在预定的时间到达了塔希提岛。顺利地完成了对金星的观测后，“努力号”便离开塔希提岛扬帆向南航行，直到南纬40度22分。由于未发现大陆，他们便沿此纬度向西行进，航行了两个多月未见一块陆地，从而库克得出这一广大海域不存在大陆的结论。1769年10月，终于见到了一块陆地，这就是新西兰。他花了近半年的时间对新西兰的南岛和北岛进行考察，于1770年4月11日起锚返航。起航不久，船队遇到了风暴，迫使船只不得不改变航线，继续向西航行。1770年4月28日，“努力号”驶入一个美丽港湾，这就是澳大利亚东海岸，库克将这个港湾命名为植物湾。之后，库克船长率领考察船沿澳大利亚东海岸北行，直至约克角。在航行的过程中，他曾三次登陆深入内地进行考察。到达约克角后，库克船长以英国国王乔治三世的名义宣布，从植物湾到约克角一带的广大地域归大不列颠帝国所有，并将其命名为新南威尔士。至此，整个澳大利亚大陆的轮廓浮出水面，“未知的南方大陆”之迷，也终于解开。

澳大利亚沦为英国的殖民地

被命名为新南威尔士的这块土地是否就是那块“未知南方大陆”？对此，英国海军部将信将疑。因此，英国当局一开始并没有对这里表现出多大的热情。新大陆会不会再次被人遗忘呢？像往日荷兰人对待它那样。

到了1779年，出现了转机。以前，英国的犯人中有相当一部分人要发配到北美殖民地服刑。1776年，北美殖民地人民开展了独立战争。犯人再也无法往那里发配。英国人必须找到新的罪犯流放地。一名叫约瑟夫·班克斯的英国植物学家当年曾随库克船长到新南威尔士进行过考察，他首先想到，那里是流放罪犯最好地方。于是，1779年他就此向英国下院写了一个报告。报告转来转去，一晃又过几年。1786年，英国政府总算有了动静。当年6月，内务大臣悉尼勋爵宣布，政府接受班克斯的建议，任命阿瑟·菲利普上校为新南威尔士殖民地总督，去那里开垦，建立殖民地，实施流放犯人的计划。

1787年5月13日，阿瑟·菲利普上校率领以皇家海军“塞里乌斯号”为首的船队，载着294名海军官兵、772名犯人，从朴茨茅斯扬帆起航，驶向新南威尔士。船队经巴西南下，穿麦哲伦海峡进入太平洋，于1788年1月20日抵达植物湾。阿瑟·菲利普上校发现这里并不适宜建居民点，便率领部分船员乘小船沿海北上。当月26日，他们在距植物湾不远处发现了一个“再好不过的天然良港”，便决定在那里停下来。为了表示对悉尼勋爵的敬意，阿瑟·菲利普上校决定将这个地方命名为悉尼。

2月7日，阿瑟·菲利普上校宣布正式就任新南威尔士总督兼军区司令，英国向澳大利亚移民就这样开始了。1月26日，即阿瑟·菲利普上校发现悉尼湾的日子，成了澳大利亚的国庆日。

就在1788年1月26日阿瑟·菲利普上校发现悉尼湾登陆后数小时，以德拉佩鲁斯率领的一支法国船队也驶进了悉尼湾。出于礼貌，两国船长互致问候，并进行了交谈。之后，法国人便离开悉尼湾，驶向他方。

法国人的出现使英国人大为震惊，他们独占这块大陆的意愿受到了威胁。英国人不能再慢吞吞行事了，他们必须抢先行动，对大陆内地进行考察，并宣布占领。这之后，英国殖民当局多次派出若干考察队，分路深入内陆和沿海其他地区进行探险、考察，并在许多地区建立了居民点。

1802年，英国探险家马修·弗林德斯首次完成了环澳大利亚一周的航行。

1803年，英国探险家科林斯率领探险队占领了新南威尔士以南的菲利普港。

1804年，英国人在塔斯马尼亚岛的霍巴特建成一个新的囚犯殖民地。

1813年，一位名叫W·C·文特沃斯的新闻记者率领一支探险队越过悉尼西边的蓝山山脉，开辟了向大陆内部殖民的道路。

1829年，英国殖民者在西澳大利亚接近今日珀斯的地方，建立了第一个没有囚犯的殖民地。

1841年，英国探险家爱德华·埃尔沿澳大利亚海湾进行了徒步勘察，对所到海域的水文状况进行了评估。

1860年，英国探险家斯特尔特率队对澳大利亚腹地进行了探险。他到达大陆中心地域时，在那里插上了一面英国国旗。

就这样，英国牢牢地控制了整个澳大利亚，实现了其独占新大陆的目的。

澳大利亚土著居民——澳洲黑人

澳大利亚的土著居民是澳洲黑人(Australoids)。科学家们已经证实澳洲黑人是从外部移入的。澳洲黑人的祖先是何时到达澳大利亚的，有两种观点。一种观点认为他们是在3～3.5万年前来到澳大利亚的；另一种观点认为，澳洲黑人的祖先在距今8000年前从印度尼西亚某岛乘船漂流而来。至于他们的来源地，多数学者倾向于今天的印度尼西亚或新几内亚岛。

澳大利亚土著人从外表上看，皮肤呈深黑铜色或巧克力色；身材矮小，平均身高1.66米左右；头发或直或卷曲；鼻子扁平塌陷，眼窝深凹；面部和身上汗毛浓重。

在欧洲殖民者到来以前，澳大利亚土著居民约30万，分成500多个部落。每个部落人数，从几百人到二、三千人不等。他们住在澳大利亚大陆各地和塔斯马尼亚等岛屿上。有自己的语言，但没有文字。

1788年，白人到澳洲大陆时，愤怒的土著人拿起了长矛和棍棒等武器，发出憎恨的叫喊声，以示对入侵者的抗议，但白人并不理睬，他们依靠先进的武器和技术，强行宣布占领本属于土著人的大陆。后来大批白人又陆续来到了澳大利亚，他们大规模强占土地，滥杀无辜。土著居民为了保卫自己的家园奋起反抗。面对土著人的反抗，英国殖民者开始实行大规模血腥屠杀，企图将土著居民赶尽杀绝。在塔斯马尼亚岛，原有土著居民6 000人。1804年的一天，一群白人士兵无故向在一个森林中狩猎的土著居民开枪射击，引起土著居民的反抗。而土著居民的反抗又引起白人的仇视。双方冲突、摩擦不断。到了1830年，范迪门地区(今塔斯马尼亚)总督阿瑟下令，将该地区的土著居民赶往塔斯马尼亚岛南端的丛林中，一网打尽。按到阿瑟的命令，数千名白人士兵组成一道“黑线”，试图将土著居民赶往预定目标。于是，开始了澳洲历史上有名的“黑色战争”。起初，土著居民进行了卓有成效的抵抗，他们出没于丛林之中，与白人进行周旋，在相当长的时间里，只有一名土著妇女和一名儿童落入了敌手。但毕竟长矛敌不过火枪，后来，土著居民被无情地追杀，逐渐失去抵抗力。到1847年，全岛被杀得只剩下了40余人。接着这仅存的40人又被遣送了出去。最后，只有16人

许许多多的土著人世世代代就住在这样的山洞里。

回到了岛上。到1876年，回来的人又被全部杀光了。

为逃避这种灾难，土著居民只好离开祖祖辈辈赖以生存的土地，进入丛林和沙漠。20世纪30年代，土著居民的数量降至有史以来最低点，全澳只有6.6万土著人。20世纪70年代，土著居民的数量开始回升。1981年恢复到16万人。1990年增至23万，1993年达到25.7万人。现土著居民仍只有25万多人。他们当中的相当一部分已经被白人同化，也有相当一部分是先辈与白人通婚而形成的混血儿，他们中的一部分进入了城市，

进入城市的土著居民

乡间土著居民

逐渐融入现代社会，但大部分人仍生活在政府划定的保护区内，过着半原始的游猎生活。直到现在土著居民在生活和生产中所遇到的问题仍然很多，他们为维护自身权利的斗争依然任重而道远。

政治

联邦议会是立法机构，由女王(由总督代表)、众议院和参议院组成。最高司法机构是联邦最高法院。政府由众议院多数党或党派联盟组成。有大小政党几十个，自由党、国家党和澳大利亚工党为主要政党，其他小党有澳大利亚民主党、绿党、单一民族党、无核澳大利亚党和澳大利亚共产党等。

全国划分为6个州和2个地区。6个州是新南威尔士、维多利亚、昆士兰、南澳大利亚、西澳大利亚和塔斯马尼亚；2个地区是北部地区和首都直辖区。各州有州议会、州政府、州督和州总理。

经济

澳大利亚是后起的发达工业国。2001/2002年国内生产总值6 976亿澳元，人均国内生产总值35 830澳元。

矿产资源丰富，至少有70余种，其中许多矿产的产量和出口量居世界前列。森林覆盖面积占全国国土的20%。渔业资源丰富，是世界第三捕鱼区。农牧业发达，在国民经济中占重要地位，是世界上最大的羊毛和牛肉出口国。工业以矿业、制造业和建筑业为主。2000/2001年度矿业产值占国内生产总值的4.7%，制造业占11.7%，建筑业占5%。2001/2002年度矿产品和制造业产品的出口分别占出口总额的27%和57%。服务业发展较快，2000/2001年度，服务业产值占澳行业总产值的68%。就业人数占就业总人数的74%。旅游业是的澳大利亚国民经济的后起之秀。20世纪90年代该产业得到了迅速发展。2001/2002年度，澳接待的海外旅客476.8万人次，创汇收入达193.5亿澳元，约占澳出口收入的15%。

“坐在矿车上的国家”

维多利亚州疏分山区麦格尔河金矿的发现，顿使北美加利福尼亚州的金矿成为“旧金山”。但是，对澳大利亚来说，金矿的发现仅仅是揭开它神秘面纱的一个小角。

它的神秘面纱被层层揭开是20世纪60年代以后的事。

在20世纪40年代，澳大利亚已经发现了铁矿。当时，政府将铁矿石列入稀有金属之列，严禁出口。而到了60年代，情况发生剧变。1960年，澳大利亚发现了一系列大型铁矿。到1969年，铁矿石产量猛增到660万吨；1972年，其产量一跃而达到6 000万吨。铝的情况也是如此。1956年之前，澳大利亚所需的铝要从国外进口；1956年，澳大利亚发现铝矿，投产后改变了依赖进口的局面；到了1969年，铝土的产量已达1 050万吨。

到目前为止，澳大利亚至少有矿产资源70余种。其中铅、镍、银、钽、铀、锌的探明经济储量居世界首位；产量居世界首位的矿产有铝土、氧化铝、钻石、铅、钽等；黄金、铁矿石、煤、锂、锰矿石、镍、银、铀、锌的产量也居世界前列。

烟煤、铝土、铅、钻石、锌及精矿的出口量居世界首位；氧化铝、铁矿石、铀矿石出口量居世界第二位；铝、黄金出口量居世界第三位。

澳大利亚矿藏的最大优势是其主要品种储量极为丰富：铝矾土约31亿吨，铁矿砂153亿吨，烟煤5 110亿吨，褐煤4 110亿吨，铅1 720万吨，镍900万吨，银40 600吨，钽18 000吨，锌3 400万吨，铀61万吨，黄金4 404吨。

位于南部的怀阿拉炼钢厂

澳大利亚矿藏的另外优势是：埋藏浅，易开发，生产成本低；品位高，质地优良。

这些条件使矿产资源和矿业生产在澳大利亚国民经济中占有极为重要的地位，澳大利亚也因此享有了“坐在矿车上的国家”的美誉。

“骑在羊背上的国家”

牧羊业是澳大利亚国民经济的重要支柱之一，澳大利亚素有“骑在羊背上的国家”之称。

近些年，澳大利亚羊存栏数一直稳定在1.6～1.7亿头，平均每人占有9～10头，人均占有量居世界第一。2000/2001年度，澳大利亚的羊毛产量是64.47万吨，羊肉和羔羊肉产量是71.5万吨，羊毛的出口量居世界第一。

澳大利亚发展牧羊业具有得天独厚的自然条件。这里气候温暖湿润，有着极其广阔的草场和十分丰富的地下水资源。牧羊人只需圈一片草地，搭建一些供羊只躲避风雨的棚子，打几口水井，就可以坐享其成了。另外，在澳大利亚羊没有天敌，牧羊人不用担心诸如狼一类的凶猛野兽袭击羊群，因此羊群可以较快地繁殖。到了现代，播撒草籽、去除杂草、屠宰、加工、剪毛统统都是机械化作业，这又使澳大利亚的牧羊业如虎添翼。

澳大利亚的羊毛俗称为“澳毛”，质地优良，世界闻名。每年澳毛出口量占生产量的90%，出口的澳毛均贴有国际羊毛局颁发的免验标志。

澳大利亚的羊肉和羔羊肉2/3供国内消费。

澳大利亚的牧羊业从无到有，经历了一个有趣的过程。

在欧洲白人到达之前，当地并没有羊这种动物，更不用说牧羊业了。

1788年，菲利普上校第一次到达这里时，船上带来了11只羊。那些羊是供大家食用的。11只羊全被吃掉了。

1797年，亨利·沃特豪斯上校奉命率领一批移民到达。在路上时，经朋友再三劝说，他在南非从商人手中买下26头美利奴羊，这是出现在澳洲大陆上的第一批羊群。但是，这些羊只没有得到应有的待遇。它们仅仅存活下来而已。

1791年，在悉尼的英国军人当中，有一位名叫麦克阿瑟的海军中尉。他觉得澳大利亚得天独厚的条件非常适合发展养殖业，于是毅然决然从商人手中购得美利奴羊30只，并开始了放牧。这是澳大利亚牧羊业的真正开端。

50年后，澳大利亚取代了西班牙成为英国最大的海外羊毛供应地。

澳大利亚的著名公司

2001/2002年度，按营业额计算，排名前10位的企业是：

1.新闻集团（NEWS CORP. LTD.）：以传媒业为主的综合性跨国公司。资产总额708.74亿澳元。

2.断山公司（BHP BILLITON LTD.—Broken Hill Proprietary Billiton Ltd.）：以经营石油和矿产为主的跨国公司。

3.科尔斯·迈尔公司（COLES MYER LTD.）：澳大利亚最大的商业零售企业。

4.国民银行（National Australia Bank Ltd.）：澳大利亚最大的商业银行。

5.伍尔沃斯公司（WOOLWORTH）：澳大利亚第二大零售企业。

6.澳大利亚电讯公司(TELSTRA)：澳大利亚最大的电讯企业。

7.里约·廷托公司（RIO TINTO）：跨国工矿业集团，在全球拥有60多家工矿企业。

8.澳大利亚联邦银行(Commonwealth Bank of Australia)：澳大利亚主要商业银行。

9.西太银行(Westpac Banking Corporation)：澳大利亚最早的银行。

10.塔特索尔控股公司（TATTERSALL'S HOLDINGS）：博彩企业，已有百余年的历史。

澳大利亚人喜欢冲浪运动。

精心制作的冲浪板

人民生活

澳大利亚是一个高福利国家。福利种类多而齐全，主要包括：养老金、退伍军人及其家属优抚金、残疾人救济金、失业救济金、单身父母和鳏寡救济金以及家庭子女补助等。 2001/2002财年预算中社会福利开支占总支出的41.5%。在医疗保健制度方面，澳大利亚实行全民公费医疗保健制度。凡是澳大利亚公民、在澳学习和工作的外国公民均可以享受一定的公费医疗待遇。2000/2001年度，澳大利亚医疗服务类开支608亿澳元，占澳国内生产总值的9%。澳大利亚平均每千人汽车拥有量为645辆。

生活习俗

由于较高的物质文明、安定的生活和良好的文化素养，澳大利亚人大多谦恭随和。他们有自觉维护公共场所道德、卫生的良好习惯。开车从不随便按喇叭，路上不见痰迹、纸屑等杂物。吵架、斗殴等现象极为少见。澳大利亚人性格豪爽、朴实、单纯。

他们时间观念强，工作讲究效率，办事与英国人一样认真。他们的平等观念强，注重礼尚往来，互不歧视。

澳大利亚人崇尚大自然，喜欢户外尤其是野外活动。

澳大利亚人十分讨厌不文明的行为。有一点要切记：对澳大利亚人，尤其是对妇女，千万不要做出眨眼的动作，既使是友好的眨眼，澳大利亚人也认为是极不礼貌的。

澳大利亚人还忌讳“自谦”的客套。他们认为这有虚伪的嫌疑，或者表现了对对方的轻视。

澳大利亚人特别讨厌兔子。他们认为兔子是一种不吉利的动物。“13”的数字也令澳大利亚人生厌。

这里的海滩广阔、平坦、美丽。

海滩上，阳光下。

文化教育

教育

澳大利亚教育的管理和经费提供由联邦政府和州(地区)政府分担。联邦政府主要关注国家教育政策和战略的制定，而州(地区)政府则负责在其管辖范围内开展教育。联邦政府为教育部门提供相当数量的教育经费，管理一些全国性项目，并为公

澳大利亚人喜欢贴近大海。这是一群裸体游泳者。

立高等教育机构提供首要的资金来源。

澳大利亚教育体制，大体承袭英国系统，分小学6年、中学6年(含初中4年及高中2年)、专科2~3年及大学3~6年(例如文、商、理科需要3年，工科4年，法律4~5年，而医学则需6年)。 一般欲进入专科以上学校进修者，必须至少完成12年教育。

联邦政府规定，凡年龄在6~15岁的儿童必须接受强制性义务教育。澳大利亚小学学制通常为6~7年，中学教育从第7或第8年开始，延续至第12年。孩子在中学学习3年或4年后，即完成初中阶段的学习。初中课程学完后，学生们可以到技术学校学习或农业学校或其他职业学校就读；或寻找工作；或自行选择继续在中学学习——读2年高中课程，这样他们以后就有资格选入综合性质大学或其他高等院校深造。

澳大利亚的高等教育质量与学术水平在国际上享有盛誉。澳大利亚的大学以启发及传授知识为基础，在国际学术界有着举足轻重的地位。自1915年以来，澳大利亚大学先后培养出了包括物理学、生物学、医学、化学、文学等学科的11名获得诺贝尔奖的科学家和文学家。

澳大利亚著名的高等院校有：悉尼大学、墨尔本大学、澳大利亚国立大学、堪培拉大学、墨尔本皇家理工学院、格里菲斯大学、新南威尔士大学、莫那什大学、默多克大学、麦夸里大学等。

新闻出版

先驱报和时代周刊杂志集团、默多克新闻公司、费尔法克斯公司和帕克新闻联合控股公司为澳大利亚四大报业集团。主要的刊物有《澳大利亚人报》、《悉尼先驱晨报》、《堪培拉时报》、《世纪报》、《金融评论报》、《澳大利亚妇女周刊》(年发行量最大，达80多万份)、《公报》周刊(1880年创刊)等。

澳联合新闻社是澳大利亚最大通讯社，总部在悉尼。

澳大利亚广播电视系统由三个法定机构管理。澳大利亚广播公司(ABC)通过它的四个电台网向全国播放非商业性广播和电视节目，通过澳大利亚广播台和澳大利亚国际电视台向海外播放；澳大利亚广播事业局(Australian Broadcasting Authority)负责管理商业性电台和社区广播；澳大利亚特别节目广播事业局(SBS)主管澳大利亚民族电视台和广播台。

军事

澳大利亚总督是武装部队总司令。国防部是军队行政管理机构。实行志愿兵役制。国防军由陆、海、空三军组成。2001/2002年度常规军兵力50 932人。其中，陆军25 012人；海军12 598人，装备各种舰船70余艘；空军13 322人，装备各类飞机280余架。澳大利亚视澳美联盟为澳防务的关键，与美国在军事上保持密切关系。目前美国在澳大利亚的军事和科研基地有20余处。

名城名地

悉尼

悉尼位于悉尼湾沿岸，整个城市建筑在环绕海湾的低矮丘陵之上。这里处于南纬33～34度之间，阳光充足、气候温和湿润，夏季最高气温25.3度，最低18度；冬季最高气温16.6度，最低8.6度。年降水量为1 138毫米。

悉尼夜景

悉尼还有一个极为优良的自然条件：自太平洋上吹来习习海风，使市区空气中的污染物难以滞留。因此，尽管悉尼是一个重要的工业城市，但它仍保持着世间少有的清洁。

悉尼的美丽和发展还得益于它所在的悉尼湾。悉尼湾港叉众多，水深流缓，面积约60平方千米，这给悉尼提供了无可比拟的外部优美环境。其平均水深12米，最浅8米，最深16米。湾内多天然良港。悉尼湾有80多个货运和集装箱码头，4个客运码头。年吞吐量达2 000万吨。

悉尼
戈特岛
沃尔什湾
悉尼港口大桥
杰克逊港
码头剧院
西蒙斯角
港口海底隧道
悉尼歌剧院
坎贝尔斯湾
殖民博物馆
麦夸里夫人角
加登岛
公立学校
岩石区
悉尼湾
麦夸里夫人之椅
港口管理及通讯中心
州总督府
东巴尔梅恩
阿盖尔艺术中心
法姆湾
圣玛丽斯教堂
天文台公园
现代艺术博物馆
圆环码头
伍卢穆卢湾
悉尼天文台
苏珊娜博物馆
澳大利亚皇家汽车俱乐部
加登岛海军船坞
尤恩顿公园
皮科克角
达令港
卡希尔高速公路
国家信托中心
悉尼里真特饭店
警察博物馆
皇家植物园
悉尼复兴饭店
怀特湾集装箱总站
悉尼博物馆
音乐学校
澳大利亚国民银行大厦
麦夸里总督大厦
约翰斯顿湾
航路管理处
澳大利亚联合新闻社
政府办公大厦
波茨波因特
税务大厦
公园
琼斯湾
商业共同大厦
新南威尔士州立图书馆
伊丽莎白湾
国家铁路和联合航空运输公司
温耶德公园
悉尼赌场(临时场地)
议会大厦
圣文森茨学院
全国公路与驾驶员协会博物馆
遗产博物馆
储备银行
悉尼医院
新南威尔士州美术馆
伊丽莎白湾区
皮尔蒙特湾
达令港旅客总站
皇家剧院
红十字会
悉尼造币厂
伍卢穆卢沃特斯饭店
皇家领地
格林诺大街
最高法院
悉尼塔
伍卢穆卢
皮尔蒙特
悉尼水族馆
海德公园
瞻仁医院
菲茨罗伊公园
国家海洋博物馆
达令港日光饭店
圣玛丽教堂
皮尔蒙特桥
国家剧院
菲利普公园
圣卢克医院
大会堂
港口市场
希尔顿饭店
桑德灵厄姆公园
金斯克罗斯
科克尔湾
澳大利亚博物馆
圣彼得斯教堂
诺沃特尔饭店
市政厅
金斯克罗斯路
基督教青年会
悉尼文法学校
悉尼摩根斯饭店
悉尼渔市
悉尼会议中心
警察总部
布莱克沃特尔湾
澳大利亚国际电讯
大联合中心
海德公园
科学家教堂
达灵赫斯特公立学校
悉尼展览中心
通巴隆公园
中国花园
安塞特航空公司
东悉尼技术职业教育学院
运动场
格莱伯中学
澳大利亚剧院
文特沃思公园
悉尼娱乐中心
唐人街
达灵赫斯特
圣文森茨医院
阿尔蒂莫公立学校
悉尼警察中心
格伦莫尔路
发电厂博物馆
国会剧院
中央广场
阿尔蒂莫
帕丁顿
工业大学
悉尼中央大厦
克朗街公立学校
皇家妇女医院
瓦尔哈拉电影院
麦克尔大厦
贝尔莫尔公园
圣玛格丽茨妇女医院
悉尼技术职业教育学院
急救总部
百年纪念广场
市艺术学会
格莱伯法院
女王陛下剧院
富勒顿长老会
帕丁顿区政府
圣约翰斯教堂
工业大学
中央车站
格莱伯
圣巴纳巴斯教堂
费尔法克斯报社
新闻有限公司
市政厅
格莱伯公立学校
赖利街公立学校
圣贝尼迪克茨教堂
足球场
布莱克弗赖尔斯公立学校
萨里希尔斯
天桥剧院
维多利亚公园
奇彭代尔
艾尔弗雷德王公园
埃迪沃德公园
体育场
巴德姆大厦
费舍尔图书馆
穆尔公园
悉尼板球场
体育馆
克利夫兰街男子中学
贝尔瓦街剧院
伯克街公立学校
西摩中心剧院
达灵顿
圣保罗斯广场
希腊教堂
悉尼男子中学
韦斯利学院
雷德芬
悉尼女子中学
艾尔弗雷德王皇家医院
雷德芬区政府
巴普蒂斯特街
穆尔公园
穆尔学院
雷德芬站
雷德芬公园
网球场

悉尼被称为“南半球的纽约”。人口350万，连上其周围地区，居住人口占到全澳的1/4。当然，悉尼被称作南半球的纽约，重要的还不在于它人口的多寡。从经济方面讲，它所在的州——新南威尔士州，是全澳的龙头，而悉尼又是新南威尔士州的龙头。它是大洋洲最大的海港，最大的经济中心、金融中心、文化中心、交通枢纽，是一座以行政、商业贸易和娱乐为主的现代化国际大都市。

一到悉尼，首先映入眼帘的是它优美的环境；接着，人们会对它几乎一尘不染的清洁赞叹不已；随后，又会被它形态各异的现代化建筑所吸引。这里有南半球最大的拱桥——悉尼港口大桥，有高达183米的圆柱形税务大厦，有南半球最高建筑高324.8米的金黄色的悉尼塔，有举世闻名的蚌壳形的悉尼歌剧院……

如果人们对悉尼的商业感兴趣，可以去中央商业区。中央商业区北起悉尼湾的圆环码头，南至中央车站，东起皇家领地，西至达令港。这里街上车水马龙，路旁高楼林立，一派繁荣景象。

如果人们想选购文化用品和艺术品，或者想结识澳大利亚的艺术家，不妨到帕丁顿一游。帕丁顿是一条狭窄的街道，路面起伏不平，看上去很不起眼，然而却深受澳大利亚艺术家、音乐家、作家们的青睐。这里画廊、古董店、书店一家挨着一家。与这种文化氛围相适应的，还有众多的“休闲行业”——酒吧、咖啡馆等。

如果对澳大利亚的高等教育感兴趣，可以去悉尼大学、新南威尔士大学和麦夸里大学。这是三所世界闻名的高校。当然，如果要想全面了解悉尼的高等教育情况，这里还有另外的21所大学可供选择。

悉尼的海滨浴场是最吸引人的去处之一。这里的浴场有60多个，个个都是阳光明媚、水清沙白。在这里，不但可以进行日光浴、海水浴，还可悠然自得地观赏大海之中千艇扬帆、百舸争流的壮景。

悉尼歌剧院

澳大利亚全国表演艺术中心。坐落在悉尼杰克逊湾本尼隆岬角上。建筑造型新颖奇特、雄伟瑰丽，外形犹如一组扬帆出海的船队，又如一枚枚被遗落在海滩上的洁白贝壳，与周围海上的景色浑然一体，为澳大

悉尼歌剧院

利亚最漂亮的建筑之一，也是悉尼的象征。

直到20世纪50年代，澳大利亚还没有一座永久性的大歌剧院。而澳大利亚在歌剧、芭蕾舞、交响乐大型乐曲和它独有的古老民歌方面十分多姿多彩。于是有人提议在悉尼兴建一座规模宏大的综合性剧场，以满足澳大利亚人不断提高的欣赏艺术的愿望。1954年，新南威尔士州政府选定了建歌剧院的地址——本尼隆岬角，本尼隆是一个澳大利亚土著人的名字，他曾帮助第一批殖民澳大利亚的英国人在这里登陆。

1955年，新南威尔士州政府宣布向全世界征求悉尼歌剧院的设计方案，一共收到了来自30多个国家的200多个设计图纸，最后选中了丹麦38岁的建筑设计师约恩·乌特松的设计方案。悉尼歌剧院1959年3月破土动工。1973年建成，历时14年，耗资1亿多澳元。

悉尼歌剧院建筑占地1.8万平方米，长185米，宽120米，高67米。它建在一座很高的混凝上平台上。门前的大台阶，宽90米，桃红色花岗石铺面，据说，是当今世界上最大最长的室外水泥阶梯。

整个歌剧院分为三个部分：歌剧厅、音乐厅和本尼隆餐厅。8个蚌壳形的屋顶分成两列，每列由4块“蚌壳”组成，前三个一个盖着一个，面向海湾依抱，最后一个则背向海湾侍立。屋顶由2 194块每块重15.5吨的弯曲形混凝土预制件，用钢缆拉紧拼成的，外表覆盖着105.6万块白色瑞典瓷砖。

歌剧厅设有1 547个座位，舞台面积440平方米，有转台和升降台。舞台配有两幅法国织造的毛料华丽幕布。一幅由红、黄、粉红三色构成“日幕”；另一幅由深蓝、绿、棕三色构成“月幕”。歌剧厅另有5个排演厅、65个化妆间，还有录音厅、展览厅、图书馆、演员餐厅、酒吧等大小厅室900多间。位于开口处的巨大休息室，装有玻璃墙面，由2 000多块高4米、宽25米法国制造的玻璃板镶成，在休息室内，人们就可以一览悉尼的风光美景。

音乐厅面积最大。围绕舞台，设有2 679个座位。厅内的管风琴，高15米，重37吨，据说是世界上最大的管风琴。1979年首次启用演奏曾轰动世界。

悉尼歌剧院落成典礼时，英国女王伊利莎白二世曾前来剪彩揭幕。

悉尼歌剧院的首场演出的是根据列夫·托尔斯泰著名小说《战争与和平》改编的歌剧。

世界上最知名的交响乐团、歌舞剧团、演唱家都以能在悉尼歌剧院演出为荣。每年都有数百万人出席在这里举行的各种活动，参观者更是络绎不绝。

悉尼港口大桥

它是连接杰克逊湾南北两岸的重要桥梁，是悉尼歌剧院明信片的完美背景，也是欣赏悉尼湾的绝佳场所。因外形酷似衣架，所以又有“大衣架”之称。

它是世界上最大的单孔拱桥，整座大桥桥身(包括引桥)长1149米，拱架跨度503米；桥面距海平面59米，桥拱最高点距海平面134米；桥面宽49米，有铁路（双轨）、汽车道（8条）、自行车道和人行道。大桥始建于1924年，1932竣工，历时8年。整座大桥巍峨俊秀，气势磅礴，同悉尼歌剧院一样，成为悉尼标志性建筑之一。

悉尼塔

1981年建成，位于市场街北侧的中央点大厦上，高324.8米，是大洋洲乃至南半球最高的建筑。悉尼塔是一个多功能建筑物，其外表呈金黄色，在阳光的照射下显得格外壮观。

管状塔身长230米，由46根长5米、直径6～7米、重32吨的预制钢叠起来，外面又用56根大钢缆加固而成（56根钢缆总长度为17千米）。塔楼是一个9层的圆锥形建筑，内有瞭望台和旋转餐厅。天气晴朗时，站在瞭望台，凭窗眺望，整个悉尼一览无余。瞭望台设有多屏幕的电视装置，人们可以观看远方飞机场上飞机的起落和码头上货物的装卸，以及介绍悉尼塔建造过程和悉尼开发历史的记录片。塔座是一个巨大的购物中心(即中央点大厦)，内有大小商店180余家。

悉尼塔的安全设计也十分完善。它能抵御狂风和强烈地震的袭击。塔内不但设有消防间和储水仓，还有直通大街的紧急出口，一旦发生火灾，人们可以从安全梯口逃生。

墨尔本

维多利亚州首府，澳大利亚第二大城市，有“金融首都”之誉。地处东南海滨，濒临菲利普港湾，亚拉河穿城而过。

1835年，大批移民从塔斯马尼亚岛来此定居，并以当时英国首相墨尔本勋爵的名字为此地命名。1842年设镇。1847年设市，当时这里仅有几万居民。1851年墨尔本附近的巴拉腊特和本迪戈发现了金矿，开采量惊人，使早几年开发的美国旧金山黯然失色，于是墨尔本成了“新金山”。国内外淘金者的蜂拥而至，使墨尔本迅速发展起来。1901年，澳大利亚6个殖民地结成联邦，墨尔本曾为首都，1927年澳联邦才迁都堪培拉。如今，墨尔本已经发展为世界上最大的城市之一，现有人口300多万，约占维多利亚州总人口的2/3，是澳大利亚的工业、贸易和交通中心。虽然墨尔本现如今已不是澳大利亚首都，但一些国家政府机关仍然在此办公，澳各大政党仍在此设总部。

维多利亚艺术中心

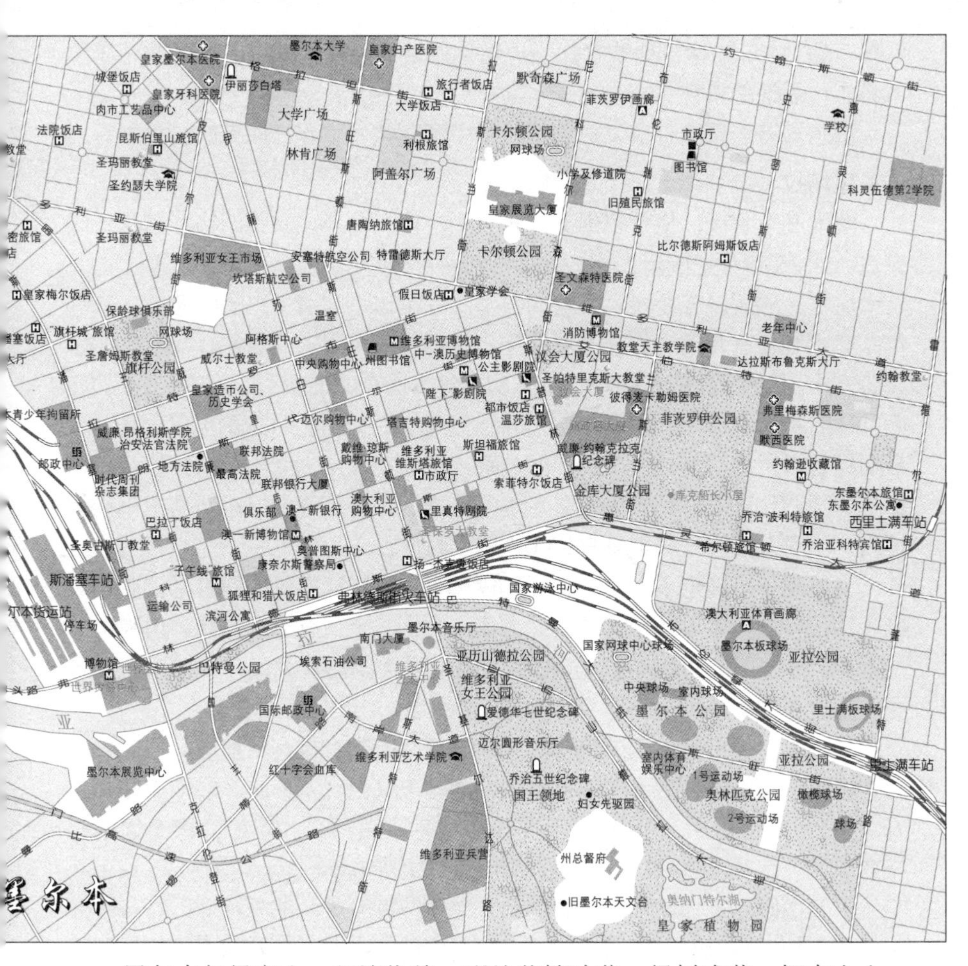

墨尔本气候宜人，环境优美，到处花繁叶茂，绿树成荫，拥有大小公园450多处(公园面积约占全市总面积的1/4)，是世界著名的“花园城市”。墨尔本城市布局美观，街道工整，许多街景和建筑依然保持着英国维多利亚女王时代的风貌。弗林德斯街为中心大街；科林斯街店铺豪华；皇后街是保险公司和银行集中之地；摩天大楼和典雅小洋房间点缀着哥特式圣保罗大教堂等古老建筑。墨尔本也是澳大利亚惟一有电车的都市，电车一边“铃……铃”地响着，一边慢悠悠地从街道上通过，这已成为墨尔本具有代表性的景观。

墨尔本著名景点有皇家植物园、维多利亚艺术中心、库克船长小屋等。

堪培拉

澳大利亚首都，位于东南部，东、西、南三面环山，莫朗格洛河从市区穿过。面积2 357平方千米，人口约32.1万。

堪培拉之所以成为澳大利亚的首都，完全出于政治上平衡的考虑：1901年，澳大利亚联邦成立后，悉尼和墨尔本都想成为国家的首都，当时，在联邦各州中，悉尼所在的新南威尔士州和墨尔本所在的维多利亚州的势力最大，而且二者势均力敌。在建都的选址问题上双方发生了激烈的争执，互不相让，最后经各方协商，通过一个折中的方案，决定在两城之间的堪培拉建都。堪培拉位于蓝山脚下，到悉尼和墨尔本的距离差不多相等，但在新南威尔士州境内。当时，这里是一个只有1900人的小村庄。

当建都一事确定下来后，为了建设一个各方都能接受的新首都，联邦政府于1912年向全世界公开征求设计方案，中标奖金仅有3500美元，但吸引了全世界137名设计师的关注和积极参与。最后美国的著名设计师沃尔特·伯利·格里芬(Walter Burley Griffin)赢得了这一场国际竞争。

1913年，城市建设正式启动，并照格里芬方案有板有眼地进行着。

城市地点确定之后，在城市命名的问题上又出现了分歧。最终由联邦政府决定为“堪培拉”。“堪培拉”是出于当地土著语，一意为“聚集之地”，一意为“乳房”。堪培拉确有两座形若乳房的山岗。

市区被以建筑师名字命名的伯利·格里芬湖分成两部分。南区为行政区，以首都山为中心，街道呈同心圆状向四周辐射，主要分布着政府机构和各国的大使馆、领事馆等建筑；北区为生活区，以城市广场为中心蛛网状布局，井然有序地排列着住宅、商场、剧院等生活娱乐设施。

堪培拉是世界著名的花园城市，有“大洋洲花园”的美称。绿地面积占城市总面积的60%，人均绿地面积达70平方米。堪培拉共有树木600万株，世界上各种色彩艳丽的树木几乎都能在这里见到，如白桦、西洋杉、橄榄、胡桃、喜马拉雅杉等。堪培拉有不设非植物墙的传统，全城除联邦总理府外，

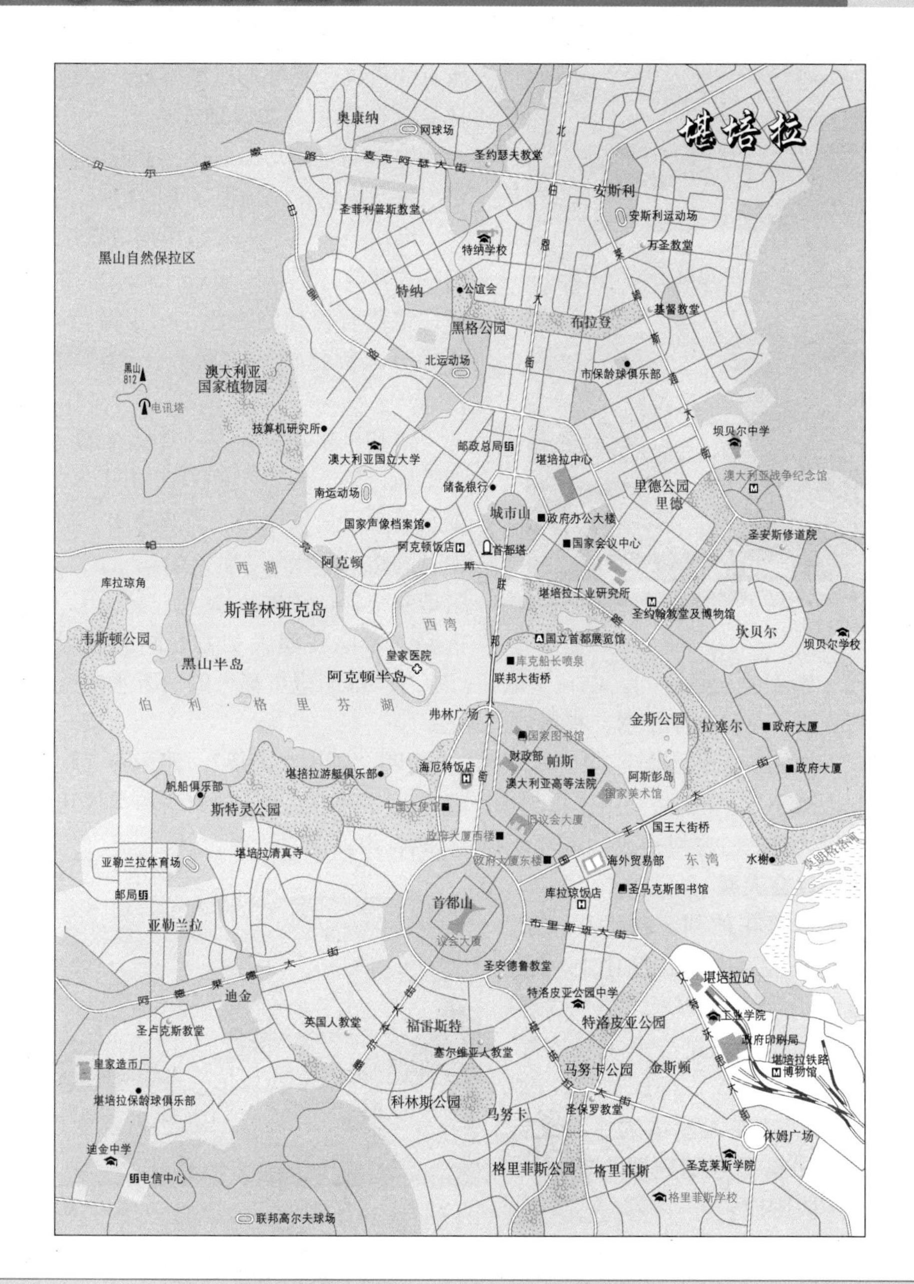
堪培拉
奥康纳
网球场
圣约瑟夫教堂
麦克阿瑟大街
贝尔康嫩路
巴
安斯利
安斯利运动场
圣菲利普斯教堂
特纳学校
万圣教堂
黑山自然保护区
特纳
公谊会
基督教堂
黑格公园
布拉登
北运动场
市保龄球俱乐部
澳大利亚
国家植物园
黑山
812
电讯塔
技算机研究所
邮政总局
坝贝尔中学
澳大利亚国立大学
堪培拉中心
澳大利亚战争纪念馆
南运动场
储备银行
里德公园
里德
城市山
政府办公大楼
国家声像档案馆
圣安斯修道院
阿克顿饭店
首都塔
国家会议中心
西湖
阿克顿
库拉琼角
堪培拉工业研究所
斯普林班克岛
西湾
圣约翰教堂及博物馆
坎贝尔
韦斯顿公园
国立首都展览馆
坝贝尔学校
黑山半岛
皇家医院
库克船长喷泉
阿克顿半岛
联邦大街桥
伯利格里芬湖
弗林广场
金斯公园
拉塞尔
政府大厦
国家图书馆
财政部
帕斯
海厄特饭店
堪培拉游艇俱乐部
阿斯彭岛
帆船俱乐部
澳大利亚高等法院
国家美术馆
斯特灵公园
中国大使馆
旧议会大厦
国王大街桥
政府大厦西楼
政府大厦东楼
海外贸易部
东湾
水榭
亚勒兰拉体育场
堪培拉清真寺
库拉琼饭店
圣马克斯图书馆
邮局
首都山
亚勒兰拉
议会大厦
市里斯班大街
圣安德鲁教堂
阿德莱德大街
迪金
堪培拉站
特洛皮亚公园中学
圣卢克斯教堂
英国人教堂
福雷斯特
特洛皮亚公园
工业学院
政府印刷局
塞尔维亚人教堂
皇家造币厂
堪培拉铁路
博物馆
马努卡公园
金斯顿
堪培拉保龄球俱乐部
科林斯公园
马努卡
圣保罗教堂
迪金中学
休姆广场
圣克莱斯学院
电信中心
格里菲斯公园
格里菲斯
格里菲斯学校
联邦高尔夫球场

堪培拉的城市建筑是精心规划过的，整齐对称。

所有的机关、私邸均以绿墙划分，这样私家公园和公共绿地连成了一片，成为城市的主体，民居住宅倒成了点缀，这是堪培拉一个很显著的特点。

堪培拉的民宅大多是单层或双层别墅式建筑，这些房屋设计新颖，每幢住宅都有自己的特色，很少雷同，难怪有人称这里为“露天住宅博物馆”。

伯利·格里芬湖是一个人工湖，湖岸周长35千米，面积7.04平方千米，湖水清澈，清风徐来，碧波荡漾。湖中有高达137米的“库克船长喷泉”。这是为纪念1770年4月，乘“努力号”帆船，率队在澳大利亚登陆的詹姆斯·库克船长建立的。站在全城任何地方，都能望见高大的白玉水柱直喷青天，水珠如烟似雾，极富诗情画意。

湖的东面和西面各有一座大桥，东桥叫“国王大街桥”，西桥叫“联邦大街桥”，它们将全市连接起来。湖心岛（阿斯彭岛）建有一座存放几十只大钟的钟琴塔，大钟定时奏出悦耳的钟声。

议会大厦

坐落在伯利·格里芬湖南边行政区之内的首都山上，建筑面积7.5万平方米。整个建筑正面看上去像是一个平着放置的盘子，上有一座国旗塔，高81米。站在国旗塔的平台上，伯利·格里芬湖周围的美丽景色尽收眼底。

议会大厦

坐落于伯利·格里芬湖畔的旧议会大厦（位于南行政区之内），是堪培拉的著名建筑。它建于1927年。是一幢用巨石砌成的白色建筑物。它的正面镶嵌着澳大利亚国徽，庄严肃穆。内设参、众两院会议厅，效仿英国的两院装饰。参议院会议厅是红色的，众议院会议厅是绿色的。1988年新的议会大厦建成之后，这个大厦被改为博物馆，对外开放。大厦两旁走廊里悬挂着历届联邦总理和现任各州总理的画像。

堪培拉节

1913年3月12日，澳大利亚联邦政府在堪培拉举行奠都及命名典礼。为了纪念这一天，每年3月，堪培拉举行为期10天的庆祝活动。主要内容包括木筏比赛、展览、彩车游行等。游行队伍以堪培拉节的标志——沃尔特·伯利·格里芬的高大塑像为先导，接着是各行各业的彩车。游行结束后，人们又去参加各种游艺活动。晚上，居民们伴着欢快的乐曲，载歌载舞，狂欢至深夜。

阿德莱德

澳大利亚第四大城市，南澳大利亚州首府。位于南澳大利亚州南部海岸平原上。始建于1836年，人口逾百万，是一座具有英国风格的整洁城市。

市中心区域的街道呈棋盘状分布，维多利亚广场位于棋盘中央，广场上有维多利亚女王塑像和象征着南澳大利亚州三大河流（托伦斯河、昂卡帕灵加河、墨累河）的喷水池，这里景色怡人，是良好的休憩场所。南北向的市区干道威廉王街从维多利亚广场中间穿过。位于伦德尔街中央的伦德尔购物中心是阿德莱德最著名的购物场所，内有百货商店、超市、专卖店等，应有尽有，热闹非凡。北台街是市文化中心，还保留着过去宁静的气氛。街道两旁的绿荫，掩映着南澳美术馆、南澳博物馆、议会大厦、政府大楼、艾尔斯宅邸、阿德莱德大学等庄严典雅的建筑。

被称为高级住宅区的北阿德莱德位于托伦斯河北岸，它同市中心区一样被公园绿地所环绕。这里风景秀丽，环境优雅，有几户澳大利亚最显赫的人家在此居住。

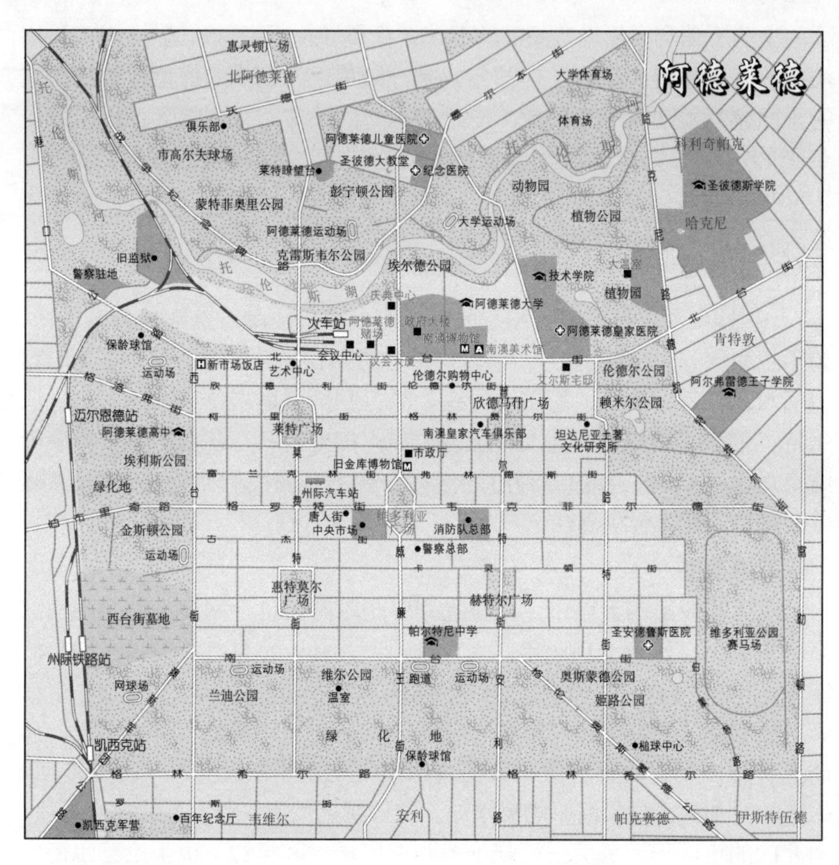

布里斯班

澳大利亚第三大城市，昆士兰州首府和港口。位置在南回归线稍南，全年无寒冷的日子，属宜人的亚热带性气候，有“阳光城”的美誉。面积1 200平方千米。就面积而言，是世界上最大的城市之一。市内现代建筑和古老房屋相间分布，街道笔直纵横。市区主要街道的名称较特别，南北走向的街道用女性名字命名，东西走向的街道用男性名字命名。这里拓荒时代的建筑有哥特式约翰英国教堂、市政厅大厦、钟楼等。植物园和全国最大的天文台都很著名,附近的森林公园有飞瀑和各种有袋动物。

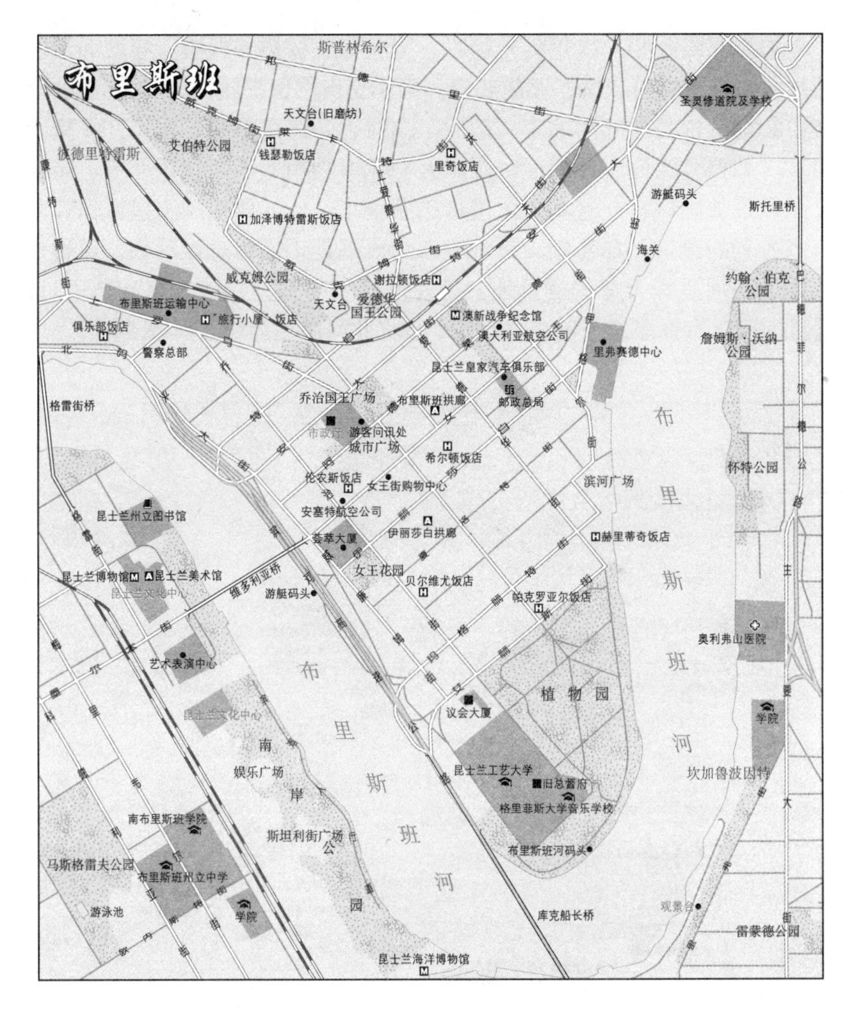

珀斯

位于澳大利亚西南角的斯旺河口，是西澳大利亚州首府和政治、经济、文化中心，也是一个优良的海港。1829年英国人遣囚犯前来开荒，后来这里发现了金矿，淘金者蜂拥而至，人口聚增。随后铁、铝、煤、镍等矿产资源的发现使这里更加迅速地发展起来。

珀斯气候温和，终年阳光普照。市内遍植桉树和柳树。穿城而过的斯旺河将珀斯城分成南、北两部分，南岸是自然保护区，北岸是商业区。市中心地带位于斯旺河北岸、珀斯车站附近。这里聚集了本市许多重要建筑，如议会大厦、市政厅、西澳大利亚博物馆、珀斯音乐厅等。金斯公园风景如画，在此登高可以俯瞰珀斯全市。市郊西南的卫星城保存着一些古老的建筑，如监狱、教堂等。黑天鹅是珀斯标志性动物。穿过市区的斯旺河是黑天鹅的栖息地。据说，1697年荷兰探险家来到这里时，看见河面上有许多黑天鹅在嬉戏，于是将此河命名为斯旺河(天鹅河)。

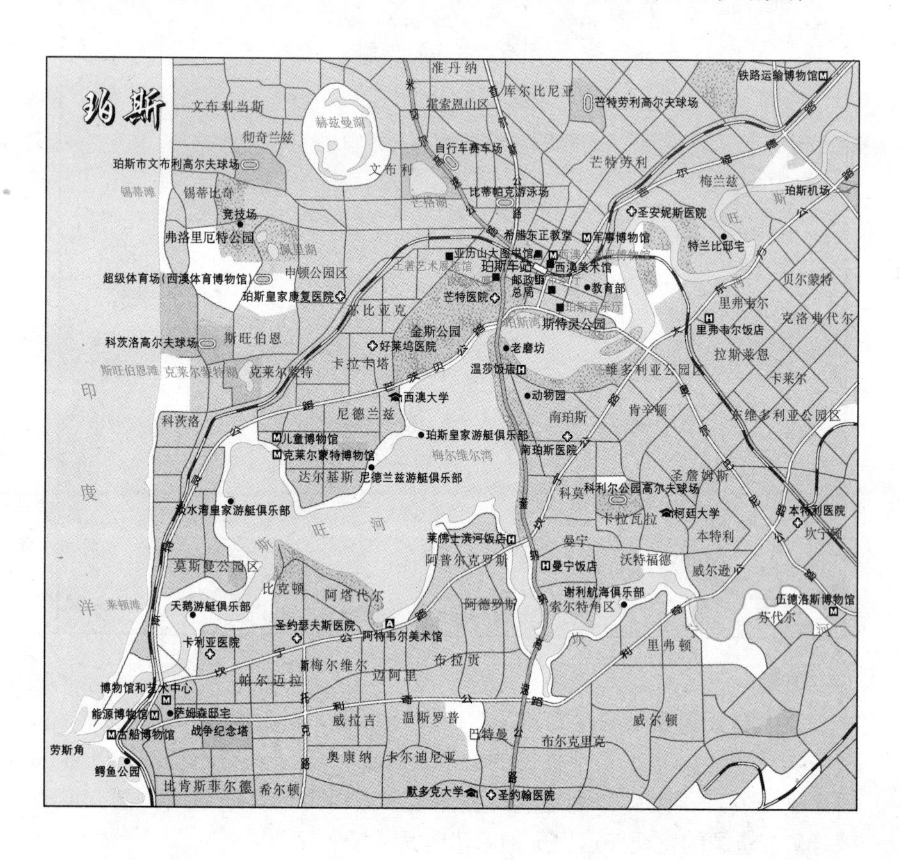

达尔文

位于澳大利亚北部海岸，濒临帝汶海、比格尔湾。是北部地区首府，重要的矿物输出港和贸易中心。因1839年英国著名生物学家达尔文到此考察而得名。市内有中国寺庙和巨大的植物园。市东南有高3米、似小山的白蚁冢，据说，每座蚁冢可容纳蚂蚁200多万只。

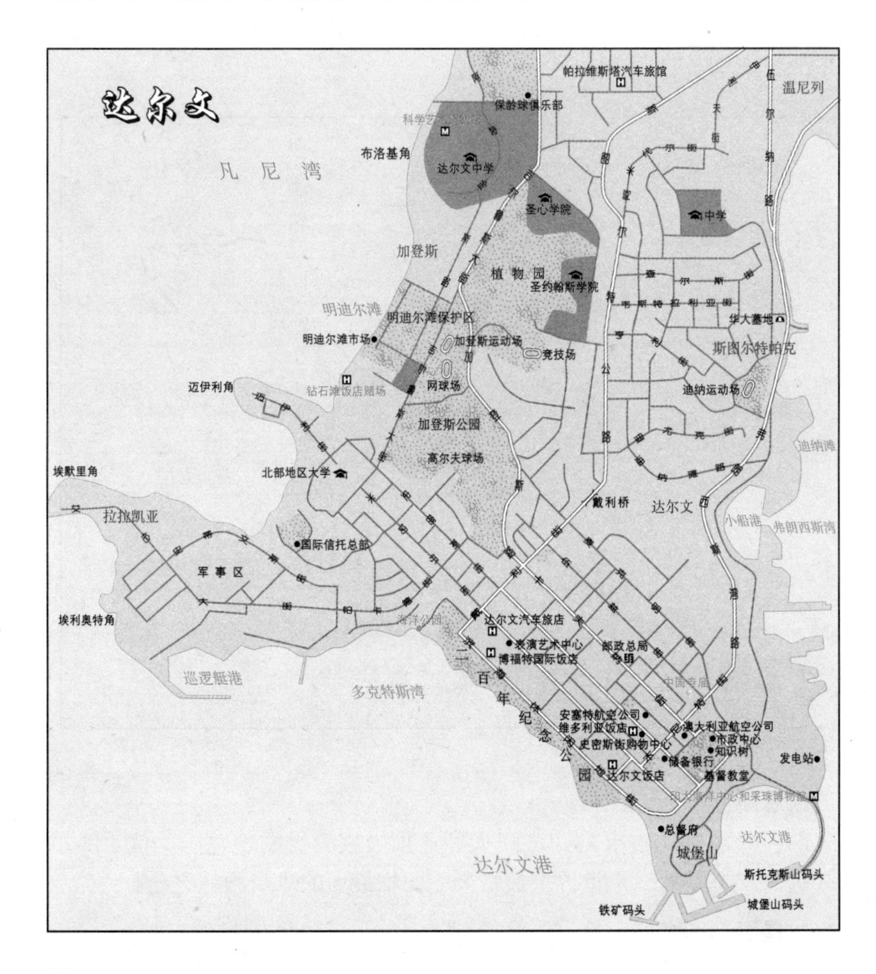

霍巴特

塔斯马尼亚州首府。位于塔斯马尼亚岛东南部德文特河入海口处。人口约18万。始建于1804年，比悉尼晚建16年，在澳大利亚算第二古老的城市。这里殖民地时期的建筑随处可见，其中最重要的建筑有皇家剧院、议会大厦、刑事法院、市政厅等。另外，霍巴特依山傍水，气候怡人，得天独厚的自然条件也造就了田园诗般的城市风光，被称为南太平洋上的“苏格兰”。

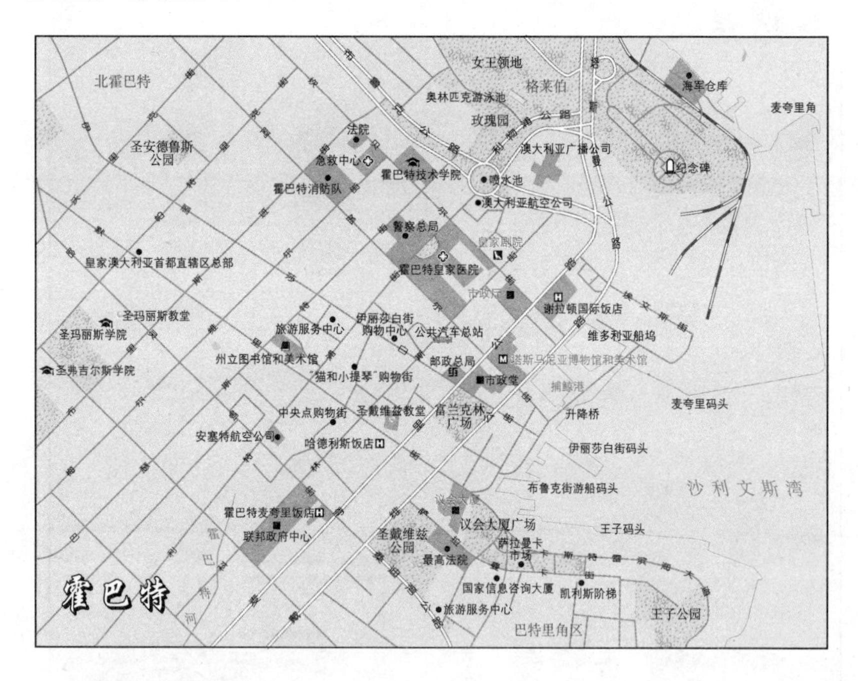

凯恩斯

前往大堡礁的重要门户，澳大利亚顶级旅游目的地之一。位于凯恩斯郊区的广袤雨林，是世界上最古老、面积最大的热带雨林之一。

大堡礁

位于太平洋珊瑚海西部，北从托雷斯海峡起，南至弗雷泽岛，沿澳大利亚东北海岸绵延2 000余千米，总面积达21万平方千米。北部排列呈链状，宽16～20千米，南部宽大，最宽处有240千米。是世界上最大的珊瑚礁区。共有岛屿600多个，其中绿岛、丹克岛、磁石岛、海伦岛、哈米顿岛、琳德曼岛、苍鹭岛、蜥蜴岛、芬瑟岛、义律淑女岛等最为有名。

大堡礁由350余种绚丽多彩的珊瑚组成，五颜六色，千姿百态：红色的，绿色的，粉色的，紫色的，黄色的……像巨大的灵芝，像巨大的鹿角，像巨大的荷叶，像巨大的海龟……大部分没于海水之中，只在海水退潮时略露礁顶。

这里生活着大约1 500种热带海洋生物，蝴蝶鱼、天使鱼、鹦鹉鱼是最具观赏价值的鱼种，海胆、海葵、海龟，尤其是绿毛龟亦是游人最愿一睹芳容的尤物。

大堡礁有许多酒店旅游船。其中最有名的是“四季大酒店”。它有豪华客房200余间，有餐厅、舞厅、酒吧、网球场、淡水游泳池、直升机停机坪等现代化设施。船上有面向海底的观望室，从这里可以清楚地观赏美丽的海底世界。游船上还配有玻璃底的小艇，游人可登上它往深海进发，自由地欣赏大堡礁的多彩世界。

艾尔斯岩

位于澳大利亚中部，为世界上最大的单体岩石，由砾岩构成。石长3 600米，高330米，岩石的色彩奇特，它能随日光的变化放出不同的光彩。石上寸草不生，鸟兽不栖。巨岩因风化有许多裂隙和洞穴，风吹入时发出奇怪的呼啸声。洞穴内有古老的壁画。

巨石顶部有一八角形的金属坐标台，高1米，直径0.8米，上面刻着澳大利亚国徽及八个方位的坐标。

艾尔斯岩石同袋鼠、考拉齐名，为澳大利亚象征之一。

艾尔斯岩远眺

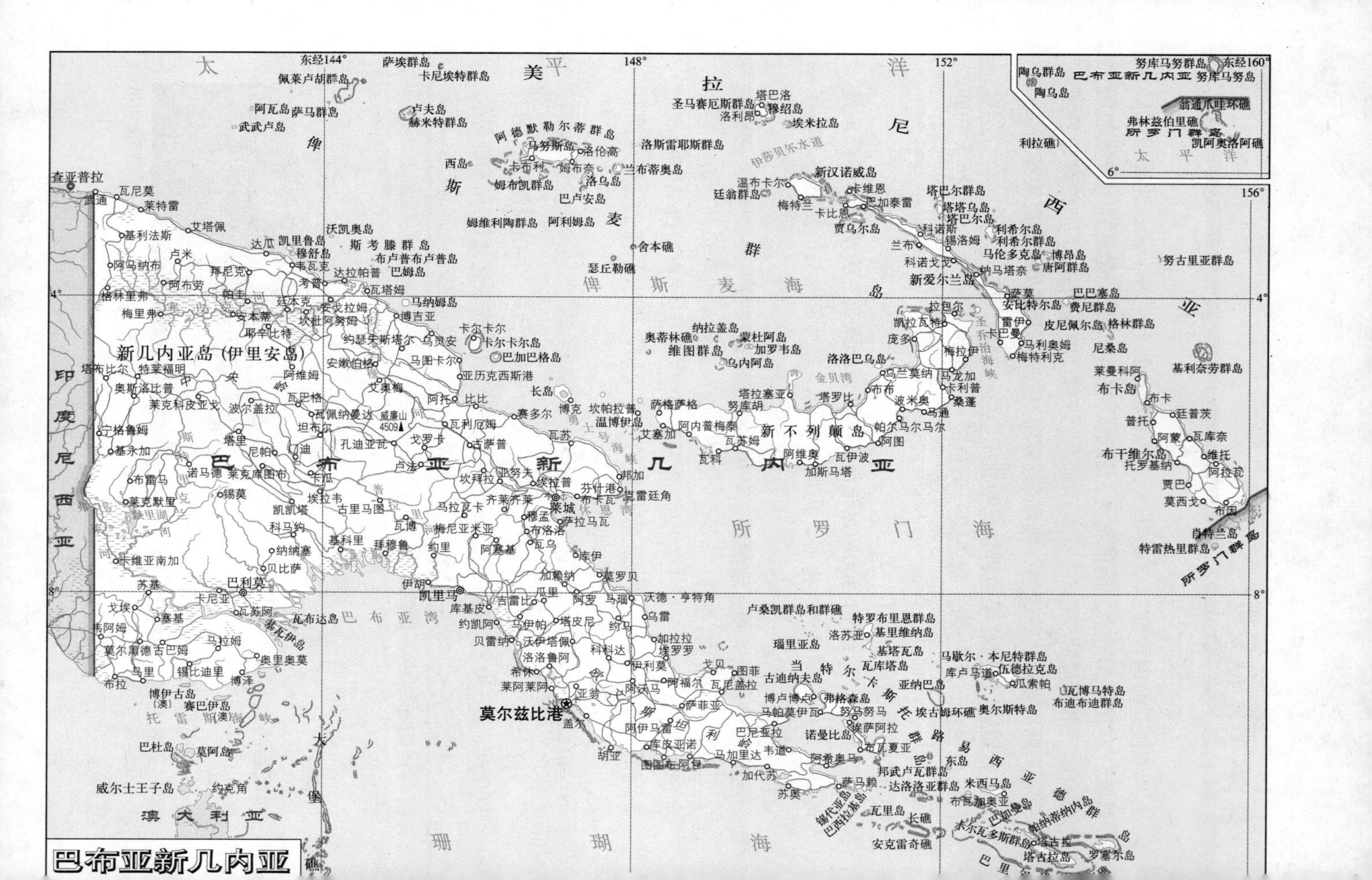
巴布亚新几内亚
太平洋
美拉尼西亚
俾斯麦群岛
俾斯麦海
所罗门海
珊瑚海
印度尼西亚
澳大利亚
东经144°
148°
152°
156°
东经160°
4°
6°
8°
莫尔兹比港
新几内亚岛(伊里安岛)
新不列颠岛
新爱尔兰岛
布干维尔岛
布卡岛
所罗门群岛
新汉诺威岛
马努斯岛
阿德默勒尔蒂群岛
萨埃群岛
卡尼埃特群岛
佩莱卢胡群岛
萨马群岛
阿瓦岛
武武卢岛
卢夫岛
赫米特群岛
西岛
姆布凯群岛
巴卢安岛
洛乌岛
洛伦高
兰布蒂奥岛
洛斯雷耶斯群岛
姆维利陶群岛
阿利姆岛
斯考滕群岛
沃凯奥岛
凯里鲁岛
穆舒岛
布卢普布卢普岛
巴姆岛
舍本礁
瑟丘勒礁
圣马赛厄斯群岛
塔巴洛
穆绍岛
洛利昂
埃米拉岛
伊莎贝尔水道
温布卡尔
廷翁群岛
梅特兰
卡维恩
巴加泰雷
卡比恩
贾乌尔岛
塔巴尔群岛
塔塔乌岛
塔巴尔岛
科诺斯
锡洛姆
兰布
利希尔岛
利希尔群岛
马伦多克岛
博昂岛
唐阿群岛
科诺戈戈
纳马塔奈
努古里亚群岛
萨莫
安比特尔岛
巴巴塞岛
费尼群岛
皮尼佩尔岛
格林群岛
拉包尔
凯拉瓦特
庞多
雷伊
卡巴曼
马利奥姆
梅特利克
尼桑岛
莱曼科阿
基利奈劳群岛
布卡
廷普茨
普托
阿蒙
瓦库奈
维托
阿拉瓦
贾巴
莫西戈
布因
托罗基纳
肖特兰岛
特雷热里群岛
圣乔治海峡
奥蒂林礁
纳拉盖岛
蒙杜阿岛
维图群岛
加罗韦岛
乌内阿岛
洛洛巴乌岛
金贝湾
乌兰莫纳
马龙加
卡利普
桑蓬
波米奥
马通
帕尔马尔马尔
阿图
瓦伊波
加斯马塔
阿维奥
瓦科
瓦苏姆
阿内普梅泰
艾塞加
萨格萨格
努库胡
塔拉塞亚
塔罗比
梅拉伊
布布
长岛
博克
坎帕拉普
温博伊岛
勇士号海峡
休恩湾
芬什港
布卡瓦
克雷廷角
邦加
莱城
萨拉马瓦
穆孟
布洛洛
瓦乌
库伊
加赖纳
莫罗贝
瓦苏
赛多尔
阿托
比比
亚历克西斯港
马当
卡尔卡尔
卡尔卡尔岛
巴加巴格岛
约瑟夫斯塔尔
乌灵安
马图卡尔
博吉亚
马纳姆岛
瓦塔姆
达拉帕普
考普
韦瓦克
安戈拉姆
坎杜阿努姆
廷本克
帕丰
拜尼克
达瓜
艾塔佩
卢米
阿马纳布
阿布劳
基利法斯
瓦尼莫
莱特雷
武通
查亚普拉
格林里弗
梅里弗
安本蒂
耶辛比特
塔布比尔
特莱福明
奥斯洛比普
中央山脉
宁格鲁姆
基永加
布雷马
莱克默里
默里湖
卡维亚南加
阿维姆
瓦巴格
瓦佩纳曼达
坦布尔
安嫩伯格
艾奥梅
威廉山
4509
莱克科皮亚戈
波尔盖拉
塔里
尼帕
门迪
诺马德
莱克库图布
锡莫
凯凯塔
科马约
卡瓜
埃拉韦
古里马图
孔迪亚瓦
戈罗卡
卢法
古萨普
马拉瓦卡
瓦博
基科里
拜穆鲁
纳纳塞
贝比萨
梅尼亚米亚
约里
阿塞基
齐莱齐莱
坎拜拉
亚努夫
埃拉普
伊胡
凯里马
巴利莫
卡尼亚
瓦苏阿
瓦布达岛
巴布亚湾
库基皮
吉雷比
瓜里
阿罗
马瑙
沃德·亨特角
乌雷
约凯阿
马伊帕
塔皮尼
约马
加拉拉
埃罗罗
科科达
贝雷纳
沃伊塔佩
洛洛鲁阿
希休
莱阿莱阿
伊利莫
戈贝
图菲
阿福尔
瓦尼盖拉
萨菲亚
阿沃马
亚翁
盖尔
胡亚
欧文斯坦利岭
阿伊马雷
库皮亚诺
图图布阿包
马加里达
韦道
巴尼亚拉
阿莱奥马
加代苏
苏奥
苏基
戈埃
塞基
韦阿姆
莫尔黑德
古巴姆
马拉姆
奥里奥莫
马里
锡比迪里
博泽
布拉
博伊古岛(澳)
赛巴伊岛(澳)
托雷斯海峡
巴杜岛
莫阿岛
威尔士王子岛
约克角
大堡礁
卢桑凯群岛和群礁
特罗布里恩群岛
基里维纳岛
洛苏亚
瑙里亚岛
基塔瓦岛
瓦库塔岛
当特尔卡斯托群岛
古迪纳夫岛
博卢博卢
弗格森岛
马帕莫伊瓦
努马努马
埃萨阿拉
诺曼比岛
埃古姆环礁
马歇尔·本尼特群岛
伍德拉克岛
库卢马道
瓜索帕
亚纳巴岛
瓦博马特岛
布迪布迪群岛
奥尔斯特岛
路易西亚德群岛
东岛
布瓦夏亚
邦武卢瓦群岛
达洛洛亚群岛
米西马岛
萨马赖
锡代亚岛
巴西拉基岛
瓦里岛
长礁
安克雷奇礁
布瓦加奥亚
巴加曼岛
帕纳蒂纳岛
卡尔瓦多斯群岛
塔古拉
塔古拉岛
罗塞尔岛
陶乌群岛
陶乌岛
努库马努群岛
努库马努岛
翁通爪哇环礁
弗林兹伯里礁
凯阿奥洛阿礁
利拉礁

巴布亚新几内亚

国家概况

国名 巴布亚新几内亚独立国（The Independent State of Papua New Guinea),代码PG。

面积 462 840平方千米。

人口 546万，人口密度每平方千米12人。

民族 美拉尼西亚人占人口总数的98%，其余为密克罗尼西亚人、波利尼西亚人、华人和白人。

语言 官方语言为英语。有820多种地方语言，皮金语流行全国大部分地区。

巴布亚新几内亚居民

宗教 居民多信奉基督教(93%)和拜物教。

首都 莫尔兹比港，位于新几内亚岛(伊里安岛)东南部，人口约25万(2002年)。

莫尔兹比港一隅

国旗 由上红下黑两个三角形组成。黑色三角形中有五颗白色五角星；红色三角形中有一只展翅飞翔的黄色极乐鸟(亦称天堂鸟)。五颗五角星构成南十字星座，表明该国地处南半球；极乐鸟是国家、民族独立和自由的象征；红色象征剽悍、勇敢；黑色表示国家领土处于“黑人群岛”之中。

国徽 图案是一只红色极乐鸟停歇在一支长矛和两只皮鼓上。极乐鸟是国鸟，寓意同国旗。长矛和皮鼓象征传统文化。下方的文字为“巴布亚新几内亚”。

国鸟 极乐鸟。

货币 基那，汇率：1基那=0.2685美元（2003年3月)。

极乐鸟

自然地理

位于太平洋西南部。西部与亚洲国家印度尼西亚接壤，南部隔托雷斯海峡与澳大利亚相望。领土包括新几内亚岛（伊里安岛）东半部及新不列颠岛、新爱尔兰岛、布干维尔岛等600多个岛屿。海岸线长8 300千米。全境多火山、地震。各岛地形以崎岖山地为主，沿海有小片平原。新几内亚岛东半部山岭重叠，山峰海拔多在4 000米以上。最高峰威廉山海拔4 509米。弗莱河和塞皮克河为主要河流。地近赤道，全年高温多雨，大部分地区属热带雨林气候。

历史

新几内亚高地早有人类居住。1511年葡萄牙人发现新几内亚岛。18世纪下半叶，荷兰、英国、德国殖民者相继而至。1906年英属新几内亚交澳大利亚管理。在第一次大战期间，德属部分被澳军占领。1949年澳将原英属和德属两部分合并为“巴布亚新几内亚领地”。1973年成立自治政府。1975年独立。

政治

一院制。政府由议会中占多数席位的政党或政党联盟组阁。内阁对议会负责。设有最高法院(又称上诉法院)和地方法院。全国划分为19个省和首都行政区。

经济和人民生活

属发展中国家，经济落后，大部分居民仍过着自给自足的原始部落生活。经济以农业为主，主要农产品有椰子、可可、咖啡、棕榈、橡胶等。是南太平洋最大的椰油和椰干生产国。矿藏和渔业资源丰富，铜矿储量9.44亿吨，铜金共生矿储量约4亿吨，此外还有富金矿、铬、镍、铝矾土、石油和天然气等。盛产金枪鱼、对虾和龙虾。金枪鱼储量占世界总储量的20%。

2002年国内生产总值119亿基那，人均国内生产总值212基那。全国有医院19家。人均寿命58岁。

军事

总兵力2 000人(2002年3月)。与澳大利亚签有防务合作协议，澳大利亚提供军事培训，另有每年4 000万澳元的军援。

所罗门群岛

国家概况

国名 所罗门群岛(The Solomon Islands)，代码SB。

面积 28 369平方千米。

人口 45万，人口密度每平方千米16人。

民族 美拉尼西亚人占人口总数的93.4%。

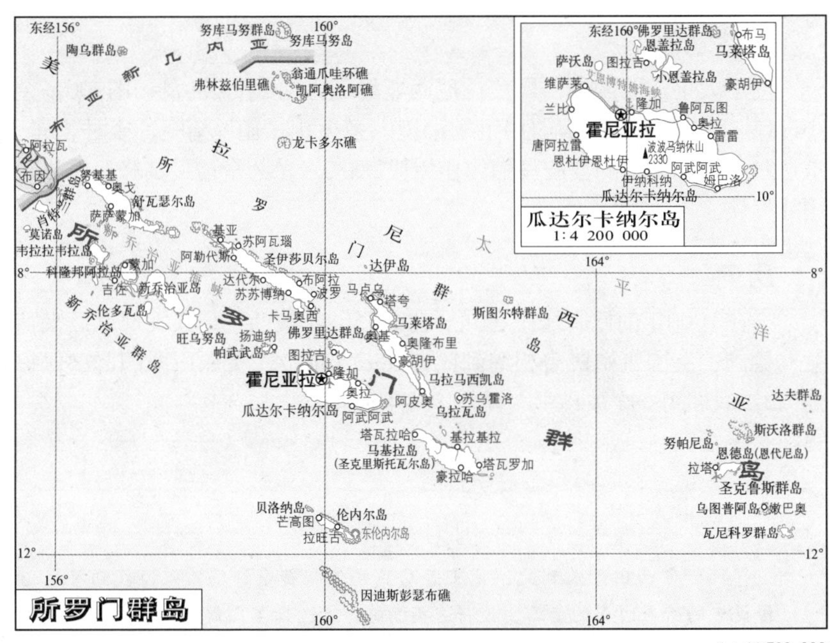

1：11 700 000

语言 官方语言为英语，通用皮金语。

宗教 居民多信奉基督教新教和天主教。

首都 霍尼亚拉，人口4万(2000年)。

国旗 呈长方形，一条自左下角向右上角的黄色条带将旗面分成等大的两部分。左上角为浅蓝色三角形，内有五颗等大的白色五角星；右下角为绿色三角形。浅蓝色象征蓝天和海洋，黄色象征太阳，绿色象征森林，五颗五角星象征组成岛国的五个区域。

国徽 中心图案呈盾形。盾面上蓝、黄、绿三色是国旗色。盾面上图案分别代表该国的5个区域：军舰鸟代表东区，鹰代表马莱塔区，沙海龟代表西区，长矛、弓箭和盾牌代表中央区和其他地区。盾徽两旁分别为鳄鱼和鲨鱼，下面是一只军舰鸟造型。最下方有一条金黄色饰带，上面用英文写着“领导就是服务”。

货币 所罗门群岛元，汇率：1澳元=4.414所罗门群岛元(2003年3月)。

自然地理

位于太平洋西南部，属美拉尼西亚群岛。由6个大岛及周围900多个小岛(其中347个岛有人居住)组成。境内多火山，山地崎岖，森林密布。瓜达尔卡纳尔岛上的波波马纳休山海拔2 330米，为全境最高峰。属热带雨林气候。

历史

早在3 000年前已有居民在此居住。1568年被西班牙人发现，后来荷兰、德国、英国等殖民者相继到此。1893年成立“英属所罗门群岛保护地”。二战期间一度被日军占领。1978年独立。

国名由来

1568年西班牙人到此，见土著居民均佩带黄金饰物，以为找到了传说中的所罗门王的金库。故将这些岛屿命名为所罗门群岛。

经济和人民生活

矿藏和水力资源丰富。森林覆盖面积占陆地总面积的90%。经济以农业为主。出产的黑珍珠世界闻名。盛产金枪鱼，是世界上渔业资源最丰富的国家之一。

2000年国内生产总值2.745亿美元，人均国内生产总值614美元。全国有医院9所，病床900张。文盲率约49%。中小学生人数占适龄儿童和少年总数的1/3。

瓦努阿图

国家概况

国名 瓦努阿图共和国(The Republic of Vanuatu)，代码VU。

面积 12 190平方千米。

人口 20.2万，人口密度每平方千米17人。

民族 98%居民为瓦努阿图人，属美拉尼西亚人种。

语言 官方语言为英语、法语和比斯拉马语。通用比斯拉马语。

宗教 居民多信奉基督教。

首都 维拉港，人口4万（2001年）。

瓦努阿图人

国旗 呈长方形。带有黑边的黄色横置“Y”字型，将旗面分成三块。左边为黑色等腰三角形，内有一个近似圆形的黄色猪牙和两片黄色“纳米丽”叶图案；右边为上红下绿两个相等的直角梯形。“Y”字表示该国岛屿的分布形状；黄色象征阳光普照全国；黑色象征人民的肤色；红色象征鲜血；绿色象征肥沃土地上繁茂的植物。猪牙象征国家传统财富；“纳米丽”叶是当地人民信奉的一种神圣之树的叶子，象征神圣、吉祥。

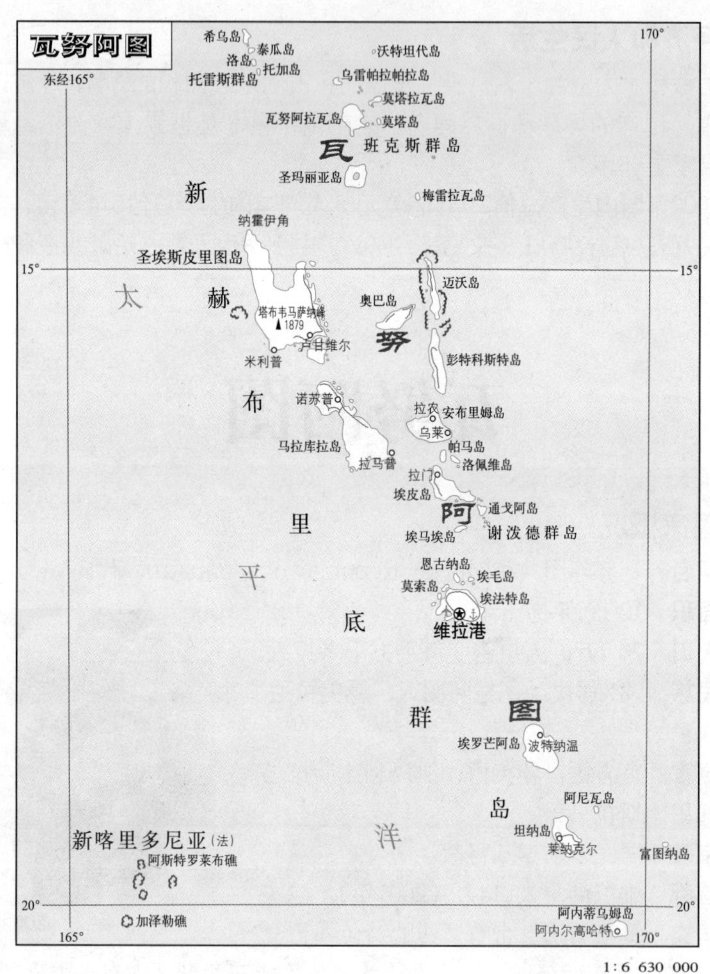

国徽 中心图案是一座山峰，代表该国的塔布韦马萨纳峰。山坡上站立着手持长矛的美拉尼西亚勇士，象征人民为捍卫祖国的独立和自由时刻准备战斗。勇士背后是“纳米丽”叶和猪牙。“纳米丽”叶象征神保佑国家繁荣昌盛，猪牙是瓦努阿图的标志。国徽底部饰带上用瓦努阿图文写着“上帝与我们共存”。

货币 瓦图，汇率：1美元=125瓦图(2003年5月)。

自然地理

位于太平洋西南部的新赫布里底群岛上。由80多个岛屿（其中68个有人居住）组成，其中圣埃斯皮里图岛最大，面积3 947平方千米。岛屿多为火山岛，地形以山地为主。圣埃斯皮里图岛上的塔布韦马萨纳峰海拔1 879米，为全境最高峰。属热带海洋性气候。

历史

数千年前瓦努阿图人就在此居住。1606年被西班牙人发现。1906年沦为英法共管殖民地。1980年独立。

经济和人民生活

农业国，农村人口占全国总人口的80%。被联合国列为最不发达国家之一。主要农作物有椰子、卡瓦、可可、咖啡、薯类等。森林覆盖率36%。渔业资源丰富，盛产金枪鱼。旅游业发达，是最大的外汇收入来源。

2001年国内生产总值2.19亿美元，人均国内生产总值为1 113美元。有医院5所，病床374张，医生12名。基本实行免费医疗。小学实行免费教育，儿童入学率95%，但中学入学率较低。

瓦努阿图是蹦极的发祥地。这项运动已在全世界得到发展。在瓦努阿图，蹦极是显示男子勇气的一项运动。

军事

无正规军，2000年有机动部队350人，警察325名。与澳大利亚、新西兰和巴布亚新几内亚签有防务协定。

新西兰

新西兰
东经170°
奥克兰群岛
1:4 650 000
恩德比岛
西北角
失望岛
奥克兰岛
奥克兰群岛(新)
西南角
本尼特角
亚当斯岛
东经166°
坎贝尔岛
1:1 860 000
科雷乔利斯角
布尔岩
登特岛
坎贝尔岛
(新)
雅克马尔岛
东经169°
斯奈尔斯群岛
1:470 000
海岛
东北岛
斯奈尔斯群岛
(新)
布劳顿岛
西部群岛
温哥华岩
东经166°34′
克马德克群岛
1:9 320 000
西经178°
赫勒尔德群岛
拉乌尔岛
(星期日岛)
麦克唐纳岩
麦考利岛
柯蒂斯岛
哈佛岩
莱斯佩朗斯岩
三王群岛
格雷特岛
玛丽亚·范迪门角
北角
蒂哈普阿
纳塔基
九十英里滩
卡里卡里角
芒奥努伊
卡瓦利群岛
凯奥
陶罗阿角
芒阿穆卡
布雷特角
赫雷基诺
北部区
奥普阿
凯科希
奥波诺尼
普尔奈茨群岛
旺阿雷
达加维尔
怀奥蒂拉
母雏群岛
小巴里尔岛
大巴里尔岛
菲茨罗伊港
卡沃岛
居维耶岛
大默丘里岛
考卡帕卡帕
科尔维尔角
奥克兰区
怀特马塔港
塔卡普纳
威蒂扬阿
奥克兰
马努考
马努考港
科罗曼德尔半岛
泰晤士
旺阿马塔
怀卡托港
怀塔卡鲁阿
梅厄岛
派罗阿
怀卡雷图
亨特利
怀特岛
怀卡托区
芒特芒阿努伊
拉纳韦角
新
哈密尔顿
陶朗阿
旺阿普劳阿
东角
剑桥
马塔塔
蒂卡哈
蒂阿拉罗阿
卡菲亚
瓦卡塔尼
普塔鲁鲁
普伦蒂湾区
托科马鲁贝
北岛
蒂库伊蒂
托科罗阿
本尼代尔
阿蒂亚穆里
穆鲁帕拉
普哈
托拉加贝
莫考
奥卡胡库拉
陶波
吉斯伯恩
怀塔拉
凯塔厄
新普利茅斯
朗伊泰基
弗雷泽敦
瓦雷拉塔
埃格蒙特峰
2518
旺阿莫莫纳
图朗伊
2291
怀科科普
怀罗阿
埃格蒙特国家公园
霍克湾区
泰布尔角
马希亚半岛
奥普纳基
国家公园
2797
埃斯克代尔
波特兰岛
怀乌鲁
哈韦拉
马纳瓦图
内皮尔
基德纳珀斯角
南塔拉纳基湾
泰哈皮
怀托塔拉
卡卡塔希
黑斯廷斯
旺阿努伊
旺阿努伊区
蒂科基诺
图拉基纳
怀普库劳
金博尔顿
北帕默斯顿
丹尼弗克
波朗阿豪
伍德维尔
费尔韦尔角
塔斯曼海
太平洋
36°
38°
40°
168°
174°
176°
178°

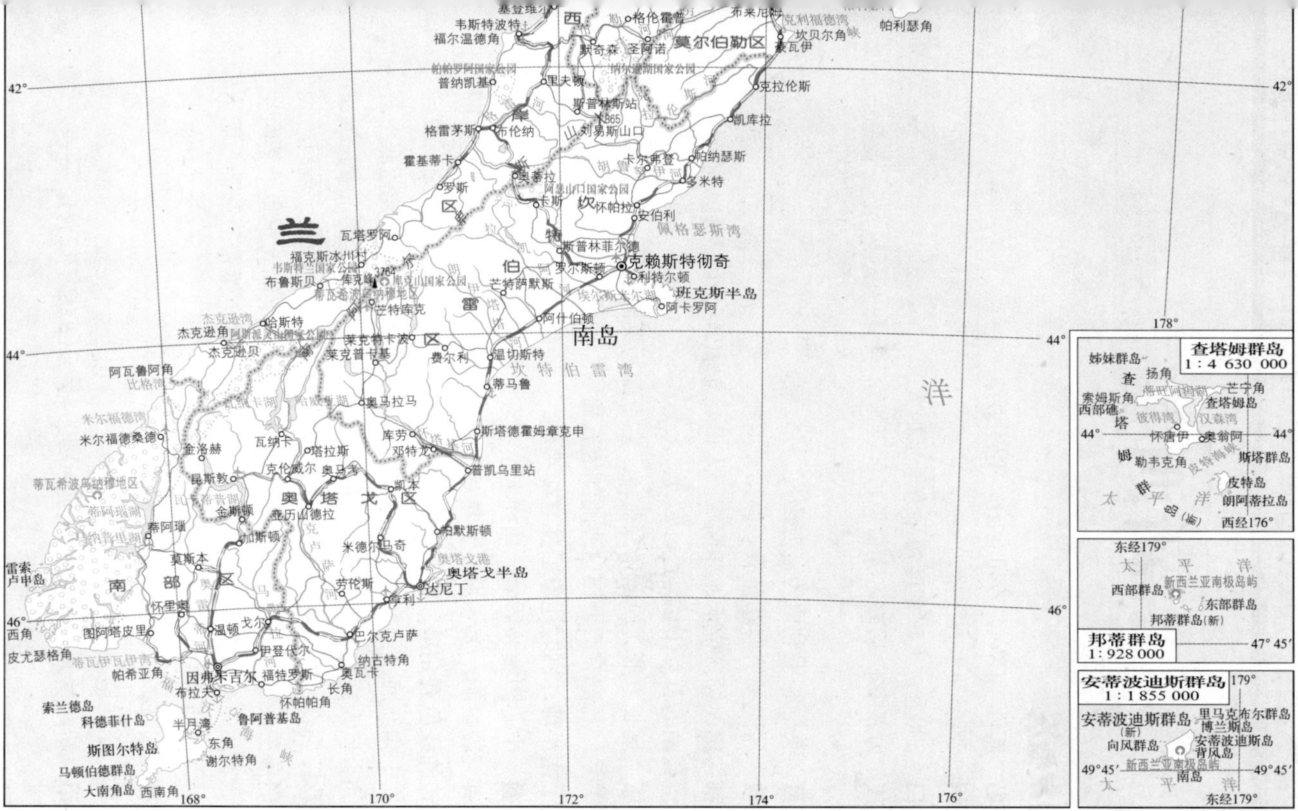

南岛

克赖斯特彻奇
达尼丁
因弗卡吉尔
莫尔伯勒区
坎特伯雷区
西岸区
奥塔戈区
南部区
格雷茅斯
韦斯特波特
普纳凯基
里夫顿
斯普林斯站
刘易斯山口
凯库拉
克拉伦斯
布伦纳
霍基蒂卡
罗斯
奥蒂拉
卡斯
怀帕拉
安伯利
卡尔弗登
帕纳瑟斯
多米特
瓦塔罗阿
福克斯冰川村
库克峰 3764
布鲁斯贝
芒特库克
哈斯特
杰克逊角
杰克逊贝
芒特萨默斯
罗尔斯顿
利特尔顿
斯普林菲尔德
班克斯半岛
阿卡罗阿
阿什伯顿
费尔利
温切斯特
蒂马鲁
莱克特卡波
莱克普卡基
奥马拉马
库劳
邓特龙
斯塔德霍姆章克申
普凯乌里站
瓦纳卡
塔拉斯
克伦威尔
奥马考
凯本
亚历山德拉
金斯顿
加斯顿
米德尔马奇
帕默斯顿
奥塔戈半岛
劳伦斯
亨利
巴尔克卢萨
纳古特角
奥瓦卡
长角
怀帕帕角
福特罗斯
伊登代尔
戈尔
温顿
莫斯本
怀里奥
图阿塔皮里
帕希亚角
布拉夫
鲁阿普基岛
米尔福德桑德
金洛赫
昆斯敦
蒂阿瑙
阿瓦鲁阿角
比格湾
米尔福德湾
蒂瓦希波乌纳穆地区
蒂阿瑙湖
马纳普里湖
蒂瓦伊瓦伊湾
佩格瑟斯湾
坎特伯雷湾
福沃海峡
雷索卢申岛
西角
皮尤瑟格角
索兰德岛
科德菲什岛
半月湾
东角
谢尔特角
斯图尔特岛
马顿伯德群岛
大南角岛
西南角
帕利瑟角
坎贝尔角
瑟瓦伊
克利福德湾
布来尼姆
格伦霍普
默奇森
圣阿诺
基登维尔
福尔温德角
帕帕罗阿国家公园
纳尔逊湖国家公园
阿瑟山口国家公园
韦斯特兰国家公园
库克山国家公园
阿斯派林山国家公园
奥塔戈港
洋
兰
42°
44°
46°
168°
170°
172°
174°
176°
178°
865

查塔姆群岛
1∶4 630 000
姊妹群岛
查塔姆
扬角
索姆斯角
西部礁
蒂旺阿湖
芒宁角
查塔姆岛
彼得湾
汉森湾
怀唐伊
奥翁阿
勒韦克角
斯塔群岛
皮特海峡
皮特岛
朗阿蒂拉岛
群岛(新)
太平洋
西经176°
44°

邦蒂群岛
1∶928 000
东经179°
太平洋
新西兰亚南极岛屿
西部群岛
东部群岛
邦蒂群岛(新)
47° 45′

安蒂波迪斯群岛
1∶1 855 000
179°
安蒂波迪斯群岛(新)
里马克布尔群岛
博兰斯岛
安蒂波迪斯岛
向风群岛
背风岛
新西兰亚南极岛屿
南岛
49°45′
太平洋
东经179°

1∶5 950 000

新西兰

国家概况

国名 新西兰(New Zealand)，代码NZ。

面积 270 534平方千米。

人口 388万，人口密度每平方千米14人。

民族 欧洲移民后裔占人口总数的78.8%，毛利人占14.5%，亚裔占6.7%。

语言 英语和毛利语为官方语言。

宗教 居民多信奉基督教新教和天主教。

首都 惠灵顿，位于北岛南端，人口42.4万(2001年12月)。是世界地图上位置最南的首都(南纬41° 17′)。

国旗 呈长方形。旗面为深蓝色，左上部为英国国旗，表明与英国的传统关系；右部有四颗镶白边的红色五角星，表示南十字星座，表明该国位于南半球，同时还象征独立和希望。

国徽 中心图案为盾徽。盾面上绘有五组图案：中间一道白色竖条，上面绘有三艘帆船，表示海上贸易对国家的重要性；左上角蓝底上有四颗镶白边的红色五角星，寓意同国旗；左下角红底上有一捆麦束，象征农业。右上角红底上绘有一只金色绵羊，象征畜牧业；右下角蓝底上有交叉着的金色大锤和木槌，象征采矿业和伐木业。盾徽左侧是手持国旗的欧洲移民妇女，右侧为手持传统棍杖的毛利族首领。盾徽上端有一顶英国伊丽莎白女王二世加冕典礼时用的王冠，象征英国女王也是新西兰的国家元首。盾徽底部是新西兰蕨类植物和一条白色饰带，饰带上面用英文写着“新西兰”。

国花 银蕨。

国鸟 几维鸟。

货币 新西兰元，汇率：1新元=0.5094美元(2002年12月)。

自然地理

岛国，位于太平洋西南部。西隔塔斯曼海1 600千米同澳大利亚东南部相望。扼南太平洋海、空交通要冲。全国由南岛、北岛和斯图尔特岛及其附近一些小岛组成。境内山地、丘陵占总面积的3/4以上。多火山和地震。南岛多3 000米以上的山峰，其中库克峰海拔3 764米，为全国最高点；北岛岸线曲折，多半岛和良港，其中部为火山高原，有众多的温泉、间歇泉。境内河流短小湍急。温带海洋性气候。

南岛沿海风光

绿色的原野（左上为瑙鲁霍伊火山，右为鲁阿佩胡火山。）

温泉

新西兰是世界地热资源最丰富的国家之一，沸泉、喷气孔、沸泥塘、间歇泉等地热现象多不可数。罗托鲁阿—陶波地热区有“太平洋温泉奇境”之称。

历史

14世纪这里已有毛利人定居。1642年荷兰探险家艾贝尔·塔斯曼在新西兰登陆。1769～1777年，英国人詹姆斯·库克先后5次到达新西兰。1777年以后英国向新西兰移民。1840年英国迫使毛利人族长签订《威坦哲条约》，规定新西兰为英国殖民地。1907年新西兰独立，成为英自治领，政治、经济、外交仍受英国控制。1947年成为主权国家，并为英联邦成员。

第一个到达新西兰的欧洲探险者

1642年，荷兰探险家艾贝尔·塔斯曼受范迪门总督派遣，率领“西姆斯科科号”和“西辛号”，到南太平洋寻找传说中的“南方大陆”。

塔斯曼先到达毛里求斯，然后向南到达南纬49度，再向东行进。穿越印度洋到达南太平洋。他最先到达澳大利亚的塔斯马尼亚岛，然后从那里出发，经7天的航行，靠近现在新西兰南岛的西海岸。这里风急浪高，无法登陆。于是，塔斯曼率队北上，绕过费尔韦尔角后在金湾(Golden Bay)抛锚。他希望在此地能与当地人建立联系。但是，土著人伸过来的并不是友谊之手，而是长矛和弓箭。塔斯曼有4个人被杀。于是，塔斯曼率领众人赶紧离开了这个“凶手湾”。

随后，塔斯曼企图在南岛和北岛之间向东航行，但他们的船体很高，在湍急的海浪及逆风中无法前进。于是改变航向，沿北岛西海岸一直北上，到达北部的海角，并以总督太太玛丽亚·范迪门的名字为之命名。

在最北端三王群岛附近，塔斯曼再次试图登陆，但又一次被土著人赶走，于是他无奈地离开了新西兰。

塔斯曼回国之后，先是在荷兰，随后在整个欧洲，人们都知道了这块陆地。当时，人们称它为“新泽兰”，“泽兰”(Zeeland)是荷兰本土一个沿海省份的名称。“新泽兰”在荷兰语中的意思是“新的海中陆地”(后来，由于英国的占领并向此地移民，又将其名英语化，这样就成为“新西兰”)。

库克船长

在介绍澳大利亚历史时曾提到过，1768年，詹姆斯·库克船长在南太平洋完成对金星的观测后，率“努力号(Endeavour)”去寻找“南方大陆”。他们于第二年的10月，发现了新西兰，并花了近半年时间对新西兰的南岛和北岛进行了考察。

下面就介绍一下库克船长发现新西兰、并对新西兰进行考察的情景。

1769年的10月，库克船长率领的“努力号”正航行在浩瀚的南太平洋海面上。库克船长和水手们经过多日的艰难航行已经精疲力竭。为了让大家振奋精神，对付恶劣的环境，库克船长命令众人各司其职注意观察，同时许诺：第一个发现陆地的人，奖一加仑朗姆酒，并将用他的名字命名新发现的陆地。

10月7日，一个名叫尼古拉·扬(Nicholas Young)的男孩爬上桅杆向远方眺望，下午2时他突然大叫："陆地！"，就这样他成了第一个见到北岛东海岸的欧洲人。库克船长履行了诺言，将尼古拉·扬看到的陆地命名为扬·尼克海角(Young Nick's Head, Nick是Nicholas的昵称)。两天后，"努力号"驶入波弗蒂湾(Poverty Bay)。他们本打算在此休整，没想到与当地土著人发生了冲突，而且也没有找到所需要的补给品。

数日后，"努力号"离开了波弗蒂湾向南行驶进入霍克湾，然后再向北航行，绕过东角(East Cape)顶端，在今天的水星湾(Mercury Bay)(因库克在此观察水星凌日而得名)停留了10天。此间探险队第一次同毛利人交上了朋友，水星湾毛利人不仅带他们参观了毛利部落，还让他们观看了附近的防御要塞"帕"。

随后，探险队继续航行，他们在暴风雨中抵达玛丽亚·范迪门角。准确测定了这个海角的位置后，"努力号"沿北岛西海岸向南航行，直至驶进夏洛特皇后海峡(Queen Charlotte's Sound)的小船湾(Ship Cove)。

在小船湾，库克登上了附近的一座小山，第一次看到了目前以他的名字命名的海峡——库克海峡，他这才意识到新西兰是由两个分开的岛屿组成的。接下来，"努力号"又用了49天的时间，环绕南岛和斯图尔特岛一周。"努力号"环绕新西兰航行过程中，经常遇到恶劣的天气。尽管如此，他们所绘制的地图，就其主要轮廓而言，是非常准确的。这张地图存在的较大错误有两个：一、把斯图尔特岛当作与大陆连接的半岛；二、把班克斯半岛当成岛屿。

1770年3月末，"努力号"离开新西兰返航，沿着澳大利亚东海岸北行，穿过荷属东印度群岛(今印度尼西亚一带)，绕过非洲南端的好望角，完成了环球航行。

以后，库克船长又多次返回新西兰，每次都竭力引进新作物和新家畜，其中马铃薯和猪的引进最为成功。

库克船长的航海日记出版之后，在欧洲广为流传。探险家们的技艺和勇气得到人们的无比钦佩，库克船长也因此名声大震。

政治

无成文宪法。其宪法是由英国议会和新西兰议会先后通过的一系列法律和修正案以及英国枢密院的某些决定所构成。

议会只设众议院（共120个席位），由普选产生，任期3年。

总督和部长组成的行政会议是法定的最高行政机构。

全国分为16个一级政区，分别是：北部、奥克兰、怀卡托、普伦蒂湾、吉斯伯恩、塔拉纳基、马纳瓦图—旺阿努伊、霍克湾、惠灵顿、塔斯曼、纳尔逊、莫尔伯勒、西岸、坎特伯雷、奥塔戈和南部。

司法机构有上诉法院、高等法院、地方法院和受理特殊问题的专门法院。

新西兰有大小政党20多个。主要政党有工党、进步联合党、国家党、新西兰第一党、新西兰行动党等。

经济

新西兰是经济发达国家，以农牧业为主，农牧产品出口占出口总量的50%。农业高度机械化，主要农作物有小麦、大麦、燕麦、水果等。粮食不能自给，需要从澳大利亚进口。畜牧业发达，是新经济的基础，羊肉和奶制品出口量居世界第一位，羊毛出口量居世界第二位。工业以农、林、牧产品加工为主，另有炼钢、炼油、炼铝和制造农用飞机等企业。矿藏主要有煤、金、铁矿、天然气等。新西兰风景优美，气候宜人，旅游胜地多，旅游业是其主要创汇产业之一。

牧羊图：山上白雪，山下“白云”。

2001/2002年度，国内生产总值1 126.09亿新元，人均国内生产总值28 253新元。

著名公司

全球乳制品公司(FONTERRA CO-OPERATIVE GROUP)
雄师公司(FLETCHER CHALLENGE LTD.)
卡特·霍特·哈维公司(CARTER HOLT HARVEY LTD.)
狮王有限公司(LION NATHAN LTD.)

人民生活

20世纪80年代末以前，实行免费教育和免费医疗。此后，政府为控制福利开支，对高等教育和医疗实行部分收费政策。2001/2002财年预算支出中，政府社会保障及福利支出139.36亿新元，医疗卫生支出83.7亿新元，政府养老金支出6.71新元。2001年人均年收入约2.7万新元。网络普及率37%，家庭电话普及率96%。

民情民俗

新西兰是一个多民族国家，欧洲后裔占主导地位，受欧美和澳大利亚的影响很深，生活方式和习俗基本西化。

新西兰人的生活节奏比较舒缓，人民生活比较悠闲。他们喜欢美化环境，空闲时间多半用于园艺活动和整治环境。

新西兰人崇尚平等，等级观念较为淡薄。人们只要有正当理由，如想见到部长甚至于政府总理并不是一件难事。

上班时，新西兰男士穿整洁的西装，系领带，如遇重要的场合，则穿燕尾服。女士穿连衣裙。

社交场合，新西兰人与客人相见，一般惯用握手礼；也有行鞠躬礼的，鞠躬时抬头挺胸。

对身份同等的人，一般在姓氏之前冠以“先生”、“夫人”或“小姐”。见面一两次之后，一般就可直呼其名了。

新西兰人性格上偏于保守，不习惯与陌生人接触，但一旦相识后，会很快消除隔阂，甚至成为好朋友。

在新西兰，好朋友间交往时，不喜欢送贵重礼物。

新西兰人喜欢组织各种有趣的俱乐部，以愉悦身心，如"素食者俱乐部"、"孪生俱乐部"、"理性主义俱乐部"，甚至还有"汤匙俱乐部"等。

新西兰人对狗怀有特殊的感情，视狗为"终身的伴侣"。

新西兰人不喜欢干涉别人的事务或在背后说他人的坏话。他们一般不以政治立场和宗教信仰为选择朋友的标准。朋友之间相处，多以体育运动等为纽带。

新西兰人视"13"为凶神，无论做何事，都想方设法避开这个数字。新西兰人禁忌男女同场进行活动，就是看电影，也分男场和女场。当众刷牙、嚼口香糖，闲聊、吃喝、抓头皮、紧裙子等在新西兰都被视为不文明行为。

牛奶、奶酪、面包和牛羊肉是新西兰人的基本食品。菜肴讲究清淡，注重色、香、味。家常食品有猪扒、牛扒、烧羊肉等。青菜烧拌羊肉是新西兰的国菜。午餐较为简单，晚餐为正餐。新西兰人一直保持着早期白人殖民者所带来的纯英国式的生活形态，生活富裕而且讲究享受。一般人每天要吃几次东西，从早餐到晚餐，都有丰富的蔬菜水果、面包、鸡蛋、牛乳和牛羊肉。酒的销售受到限制，但这限制不了新西兰人的"豪饮"。新西兰人口不多，但啤酒的消费量在世界上占到第五位，平均每人每年喝掉啤酒110升。

喝茶是新西兰人的最大爱好之一。通常新西兰人每天要喝六次茶，而且象我们一日三餐那样郑重其事。

毛利人习俗

毛利人的房屋是用坚固的圆木建成，形状一般为方形或长方形。房子的门窗朝东，屋顶是两面由茅草覆盖的斜坡，房子的正面刻有各种花纹图案。大柱子上刻有人物头像。毛利人居住的乡村多有一个活动中心，叫聚会堂，包括一个聚会厅、一个餐厅，有时还包括一座教堂。聚会厅是毛利人祭祖先、送葬及喜庆节日举行集会的神圣场所，平时不准外人进入。如今，聚会厅已经变成了毛利人保持和发扬传统文化的最好场所。

毛利人喜欢纹身。纹身不仅是毛利人的一种装饰，同时还是地位和身份的象征。男子纹身多从脸部一直纹到膝部，只有首领才有资格纹上唇、额头和颌部。少女到了婚配年龄要在嘴唇上刺一条横线，否则被视为大逆不道或不正经。

碰鼻礼

毛利人传统服饰有披肩、围胸、围腰和短裙等，多用亚麻织成。最名贵的服饰是饰有羽毛的斗篷。妇女的头上扎有一条窄窄的带子，带子由亚麻织成，上面涂满各色颜料，点缀着各种美丽的花纹。

碰鼻礼是毛利人接待客人的最高礼节。按毛利人的习惯，鼻子碰的时间越长，表明来客受到的礼遇越高。

新西兰毛利青年的传统舞蹈

毛利人能歌善舞。男子跳“哈卡舞”，女子跳“波依舞”。男人跳舞时上身全裸，下身穿草裙或围一块黑布。女人跳舞时通常上身穿一件黑、白、红三色相间的上衣，下身是由亚麻或芦苇编成的短裙，手拿两个栓着线的白球，有节奏地敲打自己的身体。男人舞姿粗壮有力，女人舞起来婀娜多姿。

新西兰毛利人经常利用地热蒸制牛肉、羊肉、马铃薯等食品，这些食品通称为“夯吉”。“烧石烤饭”是毛利人的拿手菜，其原料有芋头、南瓜、白薯、猪肉、牛排、鸡、鱼等。毛利人把这些原料分层放在铁丝筐内，撒上盐、胡椒粉等，一次烧成。

乡村的毛利青年进人城市，一切都感到新奇。

军事

总督为武装部队总司令，名义上的最高统帅。国防部长在国防参谋长协助下行使对军队的实际控制权。国防参谋长是国防部长的首席军事顾问，也是三军参谋长委员会主席，负责指挥三军。国防秘书长是国防部长的首席文职顾问，负责协调国防部的全面工作，制订长期的国防预算和监督国防开支。

1972年取消征兵制后实行志愿兵役制。截至2002年4月底，现役总兵力为9 114人，其中陆军4 533人，海军1 908人，空军2 673人。

历届政府均以1951年同澳大利亚和美国签订的《澳新美安全条约》作为其防务政策的基石。1984年工党执政后，制定了反核政策，禁止美国核舰艇进入新西兰港口，并于1987年通过了《新西兰无核区、裁军和军备控制法案》。1990年，国家党执政后，新美双边军事交往与多边军事合作有所恢复。1999年，工党和联盟党联合政府上台后，表示没有恢复新美盟国关系的需要。

澳大利亚是新西兰的主要防务伙伴。1977年，两国签署了防务合作协定，1988年，又签署了合建护卫舰协定。

文化教育

教育

儿童通常5～12岁上小学(1～8年级)。学生大约13岁升入中学(9～13年级)。国立中、小学实行免费教育。对6～15岁的青少年进行义务教育。高等教育由大学、理工学院和师范学院三部分组成。全国有大学8所：奥克兰大学、怀卡托大学、梅西大学、维多利亚大学、坎特伯雷大学、林肯大学、奥塔戈大学和奥克兰理工大学。

新闻出版

全国共有报纸140种，杂志4 700种。独立报业有限公司和威尔逊－霍顿有限公司为两家的最大报业集团，这两家报业集团所控制的19家日报发行量占全国日报发行总量的90%。主要报刊有：《新西兰先驱报》、《新闻报》、《电视指南》(周刊)、《新西兰妇女周刊》、《听众杂志》等。

新西兰报联社：由新西兰所有日报组成的合作新闻机构，创建于1880年，总部设在惠灵顿。

名城名地

奥克兰

位于北岛北部一狭窄地带。是新西兰第一大城市、最大港口、最大工业中心和国际交通枢纽。人口约80万。有机械、造船、化工和轻工业等工业部门，全国1/3的工厂集中在这里。

奥克兰环境优美，气候宜人。市区及其周围有11座死火山，绵延的山峦起伏如潮。奥克兰是世界上少见的双面港，西南面为马努考港，临塔斯曼海；东北面为怀特马塔港，靠豪拉基湾。

整个城市建筑多是木质平房。市区街道狭窄，但很干净。

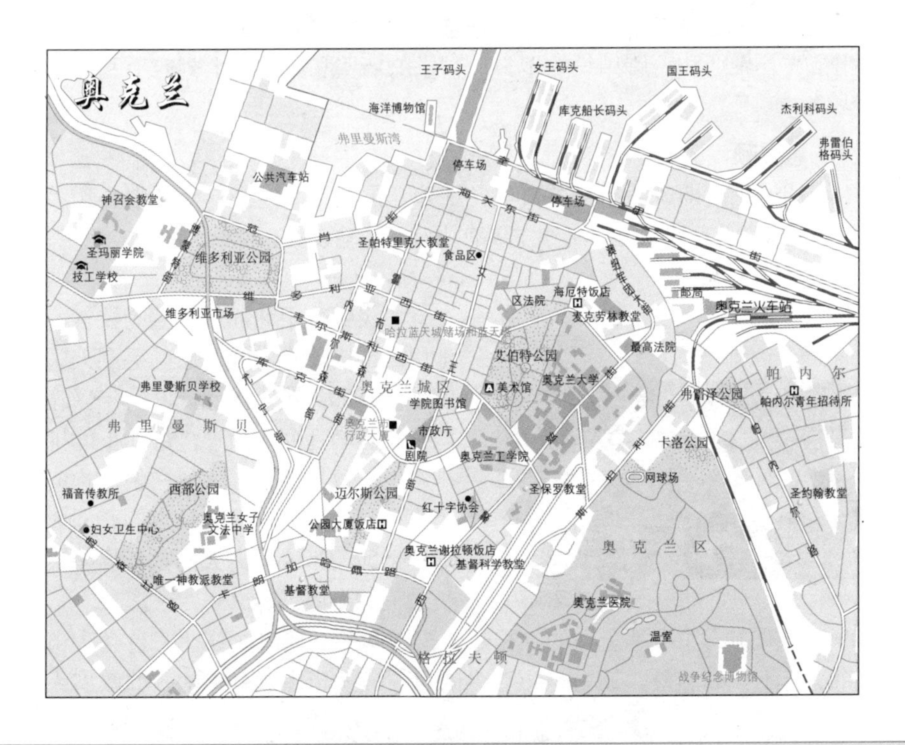

全城有公园360余座，数量之多，世界罕见。著名的公园有伊缅山公园、独树山公园、艾伯特公园和霍布森山公园等。伊缅山公园附近的伊缅山，高196米，是一座死火山，登上山顶可以眺望奥克兰的全景。独树山也是一座死火山，高183米，因整座山体均为绿草所覆盖，惟独山顶之上有一棵树而得此名。艾伯特公园曾是战争中英国殖民军的总部所在地。霍布森山的战壕遗址里还保留着几英尺深弹壳。

奥克兰的海滩因澄清的海水和美丽的沙滩而闻名。距市中心不远处的海滩，是夏天享受日光浴的最佳场所。

奥克兰是世界最大的毛利人聚居地。这里有许多有关毛利人历史的纪念物。在奥克兰一条主要街道——女王街上，耸立着一尊手握大棒的毛利勇士铜像。1929年建立的战争纪念馆中，珍藏着毛利人的文物和艺术品，其中有毛利人早期的独木舟、农渔猎工具、作战武器等。市郊的一个山岗上，建有毛利人的一座祠堂。祠堂呈“介”字形，是毛利人祭祀祖先、聚会和调解纠纷的地方。祠堂的墙壁和屋檐之上刻有毛利人祖先像。

惠灵顿

1865年起即成为新西兰首都，现为全国政治、经济、交通中心和第二大港口。人口42.4万。工业主要有服装、运输设备、机械、纺织、化工、电子、食品等部门。

惠灵顿远眺

惠灵顿位于北岛最南端的峡谷盆地里，面向库克海峡，原为毛利人居住地。1839年英国人到此，次年兴建城市。陡峭迂回的街道，群山上的排排木屋，牧场羊群，大海白帆，构成了惠灵顿的独特格调。从市中心向北绵延近50千米的滨海大道是世界上最长最美的海滨大道之一。

拉姆顿码头街是全城的主干道，街道两侧高楼鳞次栉比，这条大街除了有不少商店外，还有该市著名的风景——登山电车车站。旧政府大

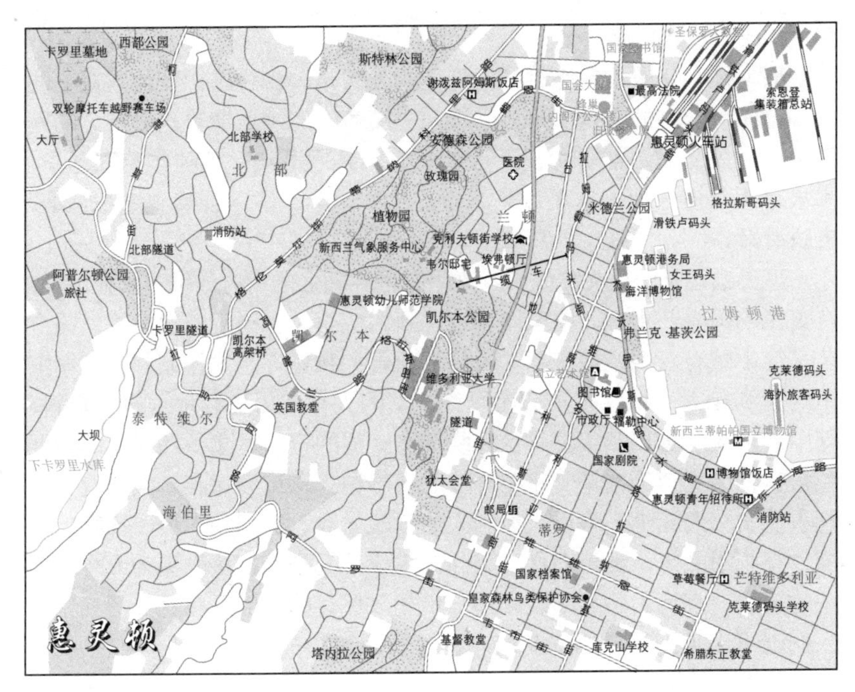

厦、国会大厦位于拉姆顿码头街的北端。建于1876年的旧政府大厦，是南半球最大的木结构建筑，占地9 108平方米。新西兰处于地震多发地带，木质结构的大厦有效地抵御了地震的袭击。一百多年来，它经历了无数次的地震仍旧矗立于世。蜂巢(Beehive)，即内阁办公大楼，建于20世纪70年代，是惠灵顿一座独特的圆顶式建筑，新西兰的许多政界要人、金融界巨子在此工作。

图内左边为“蜂巢”

维多利亚山是惠灵顿的主要风景区，山峰位于该市的东南部，高211米。站在山顶，惠灵顿及周围海景尽收眼底。这里四季长青，草木缤纷。自然美景让游人流连忘返。

惠灵顿有公园30余座。最有特色的公园是火山公园。在为数众多的火山公园内，到处都是沸泉、间歇泉、喷气孔、沸泥塘等。最有名的是沸泉。远处看它，热雾弥漫；近处看它，泉水高喷，呼呼作响。冬季，沸泉是天然游泳池。这里水色澄碧，温度适中，浴后会感到倦意顿消，皮肤滑嫩。

惠灵顿还是一个文化城市。这里有世界闻名的学府如维多利亚大学，有著名的国立艺术馆、国家图书馆、新西兰蒂帕帕国立博物馆等。国立艺术馆中藏有新西兰最有艺术价值的绘画和雕刻等艺术作品。国家图书馆的亚利山大·特恩布尔书库里有丰富的太平洋历史和地理研究资料，其中最著名的是1523年麦哲伦环绕地球一周的资料。建于1936年的新西兰蒂帕帕国立博物馆是一座综合性的博物馆，该馆以保存着大量有关毛利人的资料而让世人瞩目。毛利人的建筑木雕、巨型独木舟、饰物、武器、祭祀用品等，都可在这里见到。古代，毛利人把头颅视为人身最神圣的部位，有死后将头颅制成木乃伊加以保存的风俗。在这个博物馆里人们就可以见到这样的木乃伊。在“新西兰与早期欧洲探险家”展室，陈列着许多欧洲探险家的遗物和有关资料。“新西兰与欧洲人居住区”展室，有关的实物与资料，如当年捕鲸、淘金等活动的一些用具、当时人们居住的房子和家具等，向人们展示了早期移民的生活情景。动物陈列室展出了新西兰所有发现了的动物标本，如作为新西兰国鸟的几维鸟、已经绝种了的巨鸟恐鸟等。

瑙 鲁

国家概况

国名 瑙鲁共和国（The Republic of Nauru），代码NR。

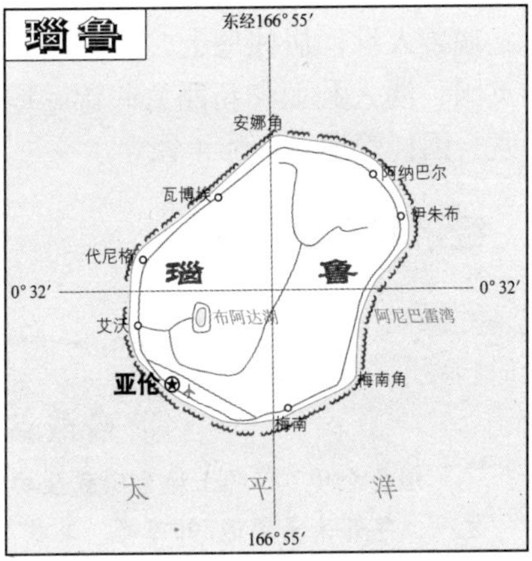

面积 21.1平方千米，是世界上面积最小的岛国。

人口 1.2万，人口密度每平方千米569人。

民族 瑙鲁人占总人口的58%，其余为南太平洋岛国人、华人、菲律宾人和欧洲人。

语言 官方语言是瑙鲁语，通用英语。

宗教 居民多数信奉基督教新教，少数信奉天主教。

首都 未设首都。行政管理中心亚伦，人口559。

国旗 呈长方形，旗面为蓝色，中央有一黄条横贯旗面，左下方有一颗白色的12角星。黄条上部蓝色象征蓝天，下部蓝色象征海洋，黄条象征赤道，12角星象征瑙鲁原来的12个部落。

国徽 中心图案呈盾形。盾面上半部由细小的方格组成，其中十字连接三角形图案是磷酸盐矿采矿者的标志，象征这个岛国盛产磷酸盐。盾面下半部左边绘有军舰鸟，右边绘有“托马诺”绿枝和花朵。盾徽上端是一颗12角星，象征瑙鲁原来的12个部族。星上方的绶带上写着“瑙鲁”。盾徽下端的绶带上用英文写着“上帝的旨意至高无上”。盾两旁用绿色椰树叶和蓝色芭蕉叶装饰。

货币 通用澳元。

自然地理

位于太平洋中西部、密克罗尼西亚岛群的吉尔伯特群岛之西，北距赤道约60千米。全境为一椭圆形珊瑚岛。热带雨林气候。

历史

瑙鲁人世代居住岛上。1888年并入德国马绍尔群岛保护地。1920年归英国、澳大利亚和新西兰共管。1942～1945年被日本占领。1947年成为联合国托管地。1968年独立。

经济和人民生活

磷酸盐之国

瑙鲁全境70%的土地为磷酸盐矿所覆盖，是世界上磷酸盐主要产区之一，年开采量曾达200万吨。其收入使瑙鲁成为南太平洋较富裕国家，但近年来产量连年下降，2000年约为59万吨，2002年约为20万吨。不过现在向澳大利亚、新西兰出口磷酸盐仍是瑙鲁的主要收入来源。

磷酸盐矿

1996年，国内生产总值4 950万澳元，人均国内生产总值4 300澳元。实行免费医疗，有医院2所。实行免费义务教育。

军事

没有军队，防务由澳大利亚协助，有警察78人。

基里巴斯

国家概况

国名 基里巴斯共和国（The Republic of Kiribati），代码KI。

面积 811平方千米。

人口 8.5万，人口密度每平方千米105人。

民族 90%以上属密克罗尼西亚人种的基里巴斯人，余为波利尼西亚人和欧洲移民。

语言 官方语言为英语，通用基里巴斯语和英语。

民族舞蹈

宗教 居民多数信奉罗马天主教和基里巴斯新教。

首都 塔拉瓦，位于塔拉瓦环礁南段，人口3.7万(2000年)。

国旗 呈长方形，旗面上半部为红色，下半部为蓝、白相间的波纹状宽带。红色部分中间有一轮冉冉升起的太阳，太阳上方是一只正在飞翔的军舰鸟。红色象征大地；蓝白波纹象征太平洋；太阳表明该国位于赤道地带，也象征光明和未来的希望；军舰鸟象征力量、自由和基里巴斯的文化。

国徽 呈盾形。图案与国旗相同。下端的黄色饰带上用基里巴斯文写着“兴旺、和平、富强”。

国鸟 军舰鸟

货币 澳大利亚元。

自然地理

位于太平洋中西部、地跨赤道，横越国际日期变更线，是世界上惟一地跨南北两半球，又地跨东西两半球的国家。全国由散布在赤道附近、约500万平方千米海面上的33个大小岛屿组成。其中，位于吉尔伯特群岛

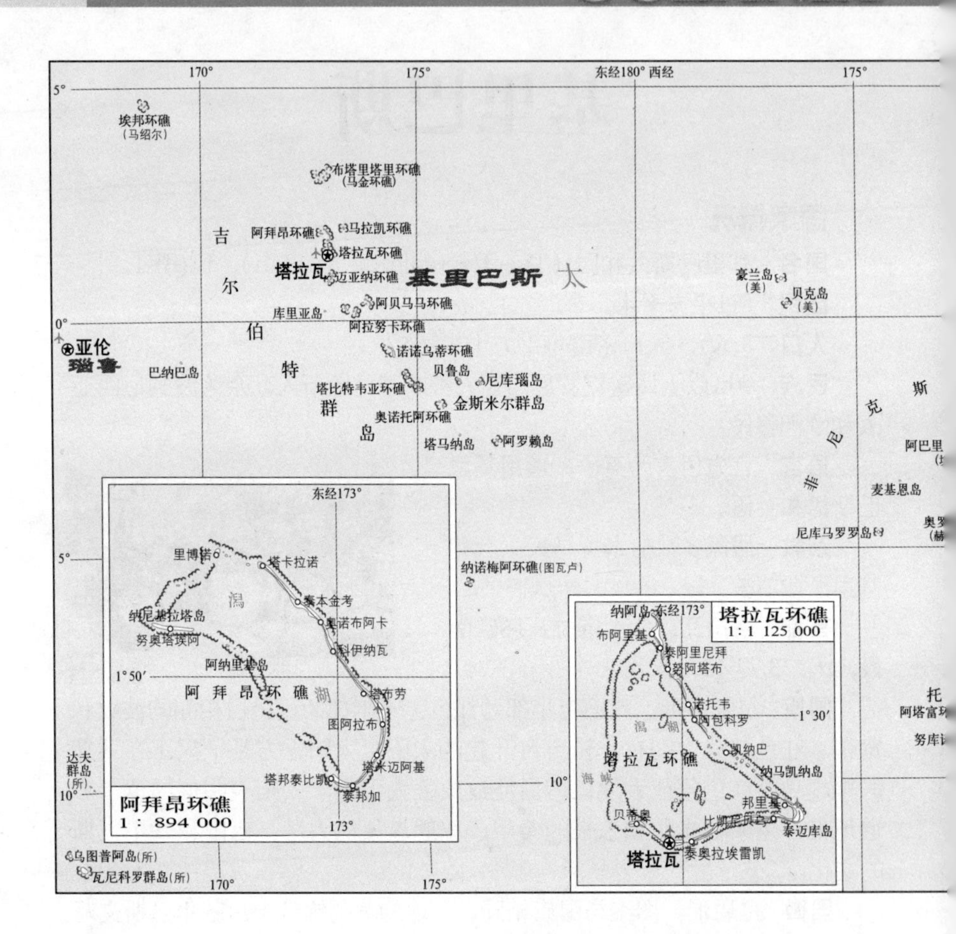

西面的巴纳巴岛为上升环礁，高78米；其余岛屿均为底平环礁。圣诞岛周围长160千米，是世界上少有的特大型环礁。各岛多沙，无河流湖泊。属热带海洋气候。

历史

3000年前已有马来一波利尼西亚语系人居住。约公元14世纪斐济人和汤加人入侵后与当地居民通婚，形成了基里巴斯民族。1892年沦为英国“保护地”。1916年成为英属吉尔伯特和埃利斯群岛殖民地的重要组成

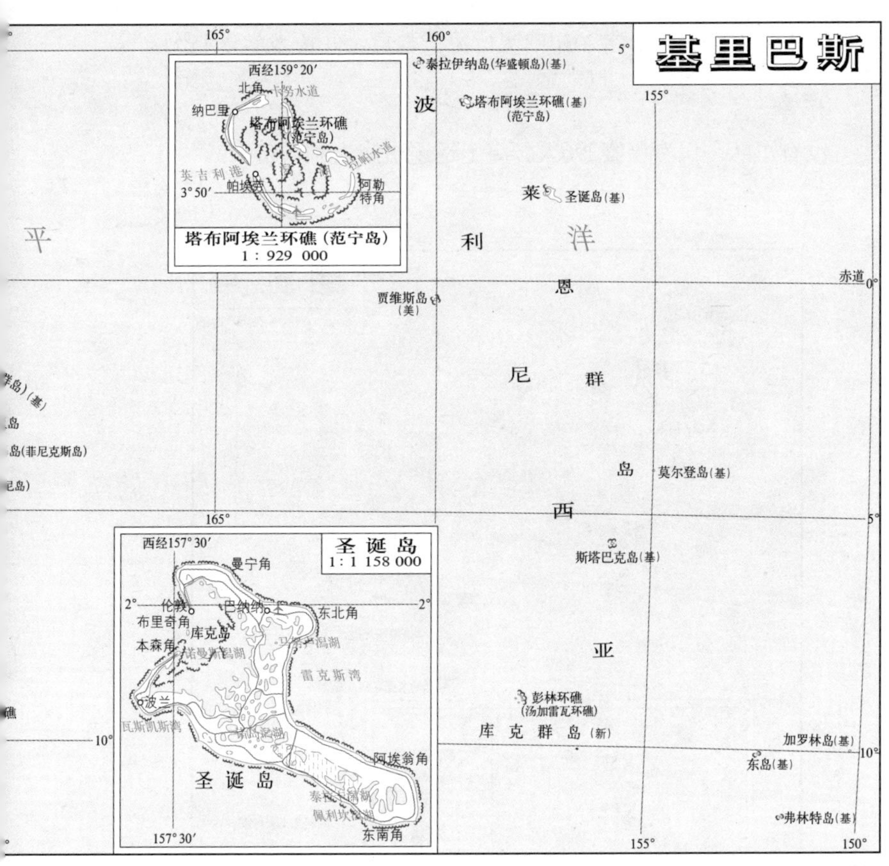

1:18 300 000

部分。1975年埃利斯群岛(现称图瓦卢)分离出来。二战期间曾为日本人侵占，1979年独立，改称现名。

经济和人民生活

经济落后，大部分地区的经济为自给自足的原始经济。土地贫瘠多沙，只生长椰子、香蕉、面包果等作物。渔业资源丰富，为基里巴斯主要经济来源。2001年国内生产总值8 000万澳元，人均国内生产总值894澳元，是南太平洋收入最低的国家之一。实行公费医疗。2001年，人均寿命男50岁，女68岁。小学、初中实行免费教育。儿童入学率93%。

军事

没有军队，仅有警察296人。海上巡逻由澳大利亚负责。

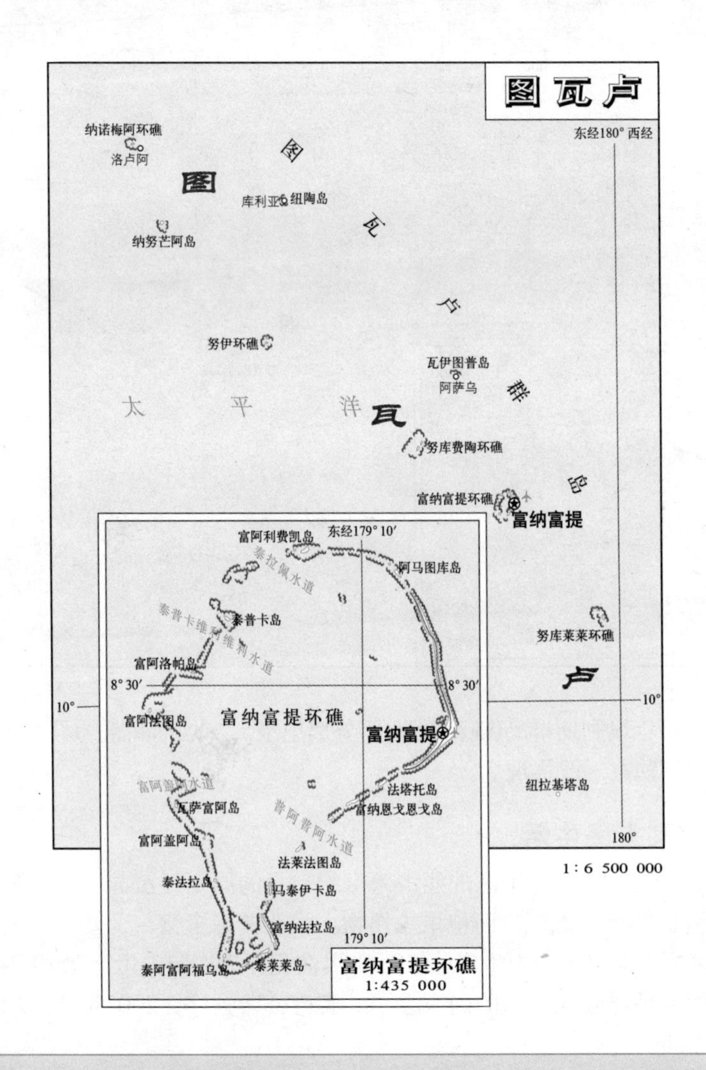

图瓦卢

国家概况

国名 图瓦卢（Tuvalu），代码TV 。

面积 26平方千米。

人口 1万人，人口密度每平方千米385人，是世界上人口最少而人口密度较高的国家之一。

民族 属波利尼西亚人种，图瓦卢人占97%。

语言 官方语言为英语，通用图瓦卢语。

宗教 居民信奉基督教。

首都 富纳富提，位于富纳富提环礁东段，人口2 810（1999年）。

国旗 呈长方形，旗面为浅蓝色，象征蓝天和海洋。左上角为英国国旗，表明该国与英国的传统关系。右侧有9颗黄色五角星，代表9个环形珊瑚岛群。

国徽 呈盾形，大盾内套有小盾。小盾上半部的建筑物是图瓦卢传统的集会场所——马尼巴；下半部是深蓝和金黄色相间的波纹，象征海洋，表明该国是一个岛国。小盾四周有一条金色宽边，宽边上绘有8片绿色香蕉叶和8个贝壳，象征8个岛屿肥沃的土地。大盾下边的饰带上用图瓦卢文字写着“图瓦卢敬奉上帝”。

货币 图瓦卢硬币；通用澳元。

自然地理

位于中太平洋南部、国际日期变更线西侧。全境9个环形小珊瑚岛群（其中8个有人居住）自西北向东南散布在130万平方千米的海平面上。富纳富提环礁最大。属热带海洋性气候。

日落印象

历史

图瓦卢人世世代代居住在这里。1892年成为英国的“保护地”。1916年被划入“英属吉尔伯特和埃利斯群岛殖民地”。1975年同吉尔伯特分离，改用旧名图瓦卢(“图瓦卢”在波利尼西亚语中意为“八岛之群”)。1978年独立。

经济和人民生活

渔业资源丰富，土地贫瘠，经济生产落后，1986年，被联合国列为世界最不发达的国家之一。主要从事种植业和捕鱼业，主要作物有椰子、香蕉、芋头等。外汇收入主要靠出售邮票、向外国船只征收捕鱼费、在瑙鲁采磷矿工的汇款和外援。

2000年国内生产总值1 220万美元，人均国内生产总值1 100美元。有医院1所，病床36张。普及小学教育。有小学11所，中学1所，海员培训学校1所。

萨摩亚

国家概况

国名　萨摩亚独立国（The Independent State of Samoa)，代码WS 。

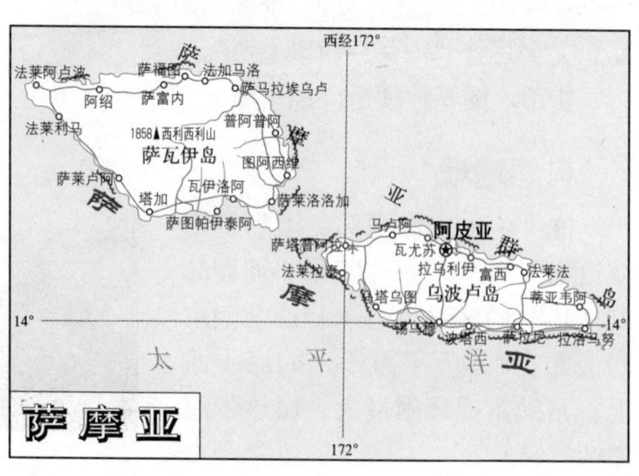

1 : 2 980 000

面积　2 934平方千米。

人口　17.5万，人口密度每平方千米60人。

民族　居民多属波利尼西亚人种的萨摩亚人。另有少量南太平洋其他岛国人、欧洲人、华裔和混血人种。

语言　官方语言为萨摩亚语，通用英语。

宗教　多数居民信奉基督教。

首都　阿皮亚，位于乌波卢岛北部沿海，人口约3.6万(2001年)。

国旗　呈长方形。旗面为红色，左上方有一蓝色长方形，占旗面1/4，蓝色长方形内绘有五颗白色五角星，一颗较小。红色象征勇气，蓝色象征自由，白色象征纯洁，五颗白色五角星代表南十字星座。

国徽　中央图案呈盾形。盾面上半部绘有一颗椰子树，代表萨摩亚的主要农产品；树背后是白色天空和绿色波纹线，表示萨摩亚是一个岛国。盾面下半部蓝底上绘有五颗白色五角星，代表南十字星座。盾徽背后是两个同心圆，象征地球，中间的红色横线代表赤道。圆环两侧各饰有一枝橄榄枝叶，象征和平。盾徽上端是放射光芒的十字，表明基督教在人民生活中占有重要地位。盾徽底部有一条白色饰带，上面写着“上帝为我们创建了萨摩亚”。

国花　红姜花

货币　塔拉，汇率：1美元=3.3塔拉(2002年5月)。

自然地理

位于太平洋南部、萨摩亚群岛西部。由萨瓦伊岛(1820平方千米)和乌波卢岛(1 100平方千米)及周围七个小岛组成。大岛地势高，多火山。属热带雨林气候。

历史

3 000前已有萨摩亚人在此居住。1250年成立独立王国。19世纪中叶，英、美、德相继入侵。1899年，西萨摩亚沦为德国殖民地，东萨摩亚由美国统治。第一次世界大战爆发后，新西兰占领西萨摩亚。1920年，国际联盟把西萨摩亚交新西兰管理。1962年独立，称“西萨摩亚独立国”，1997年改成现名。

经济和人民生活

以农业为主，资源少，市场小，经济发展缓慢，被联合国列为最不发达国家之一。主要农产品有椰子、可可、香蕉和面包果等。可可质量好，在世界上享有盛名。森林面积占全国面积的46.3%。旅游业是萨摩亚主要经济支柱之一和第一大外汇来源。2001年国内生产总值8.515亿塔拉，人均国内生产总值4 894塔拉。人均寿命66.6岁。中小学入学率85.7%。文盲率4.3%。

萨摩亚民俗

擅长歌舞。纹身是社会地位的一种标志。居住和饮食依然保持传统方式。房屋似凉亭，四周挂草帘。食物用树叶包好，放在烧红的鹅卵石上烘烤。

军事

没有军队，有警察332名，负责治安和交通。

斐济群岛

国家概况

国名　斐济群岛共和国（The Republic of the Fiji Islands），代码FJ。

面积　18 272平方千米。

人口　82.2万，人口密度每平方千米45人。

民族　主要是斐济族人、罗图马人和印度族人。

斐济的警察

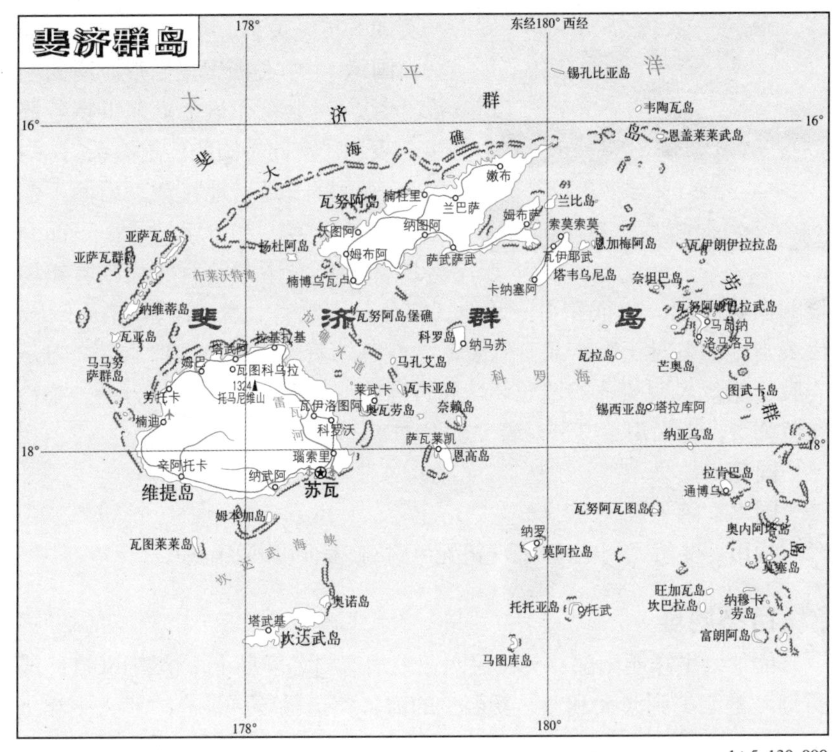

1∶5 130 000

语言 官方语言为英语、斐济语和印地语，通用英语。

宗教 居民多信奉基督教和印度教，少数人信奉伊斯兰教。

首都 苏瓦，位于维提岛东南沿海，人口16.7万。

国旗 呈长方形。旗面为浅蓝色，左上角为英国国旗图案，右侧的图案是斐济国徽的主体图案。浅蓝色象征海洋和天空，英国国旗图案，是英联邦国家的标志，表明斐济

斐济人以胖为美。街头这位胖摊商无疑是美女了。

苏瓦港

与英国的传统关系。

国徽 中心图案呈盾形。盾面上部为红色，上有一只金狮前爪持着椰果，表明斐济同英国的传统关系，同时也表示椰子是当地特产。盾面下部是白底红十字，红十字把盾面下部分为四部分：左下角绘有一只衔着橄榄枝的白色飞鸽，象征和平；其他三部分分别绘有甘蔗、香蕉和椰子树，代表当地的各种土特产品。盾徽的两侧各站着一名斐济人；盾徽上方是一艘帆船，表明斐济的地理环境和古老的交通工具；盾徽下方是一条粉红色饰带，上面用英文书写着“敬畏上帝，尊崇国王”。

国花 扶桑。

国鸟 鸽子。

货币 斐济元，汇率：1斐济元=0.4843美元(2002年底)。

自然地理

位于太平洋西南部，美拉尼西亚东南部同名群岛上，地跨180度经线两侧，是北美到澳大利亚、新西兰的海、空运输要冲，有“南太平洋十字路口”之称。由332个岛屿组成，其中106个有人居住。众岛多为珊瑚礁环绕的火山岛。主要岛屿有维提岛和瓦努阿岛等。维提岛面积最大，达10 400平方千米。最高点托马尼维山海拔1 324米。最大河雷瓦河长130千米。属热带海洋气候。

海滨

历史

斐济人世代居住岛上。1643年，荷兰人航行至此。19世纪上半叶欧洲人开始移入。1874年沦为英国殖民地。1879～1916年，大批印度人以合同工身份到此种植甘蔗。1970年独立。

经济和人民生活

南太平洋岛国中经济实力较强的国家。经济长期以来保持缓慢增长。制糖业和旅游业是国民经济的两大支柱，其中旅游业是最大的外汇来源。农产品主要有甘蔗、椰子、香蕉等，粮食不能自给。林业资源丰富，热带雨林覆盖面积约占全国土地面积的50%。渔业资源丰富，盛产金枪鱼。

2001年国内生产总值21.093亿斐元，人均国内生产总值2 107斐元。文教事业较发达。小学实行免费教育。学龄儿童入学率达98%以上。1998年，全国有中小学852所，师范学校4所。

军事

只有陆军和海军，无空军。军队编制3 586人。海军330人，装备有5艘舰艇和巡逻艇。

汤 加

国家概况

国名 汤加王国（The Kingdom of Tonga），代码TO。

面积 747平方千米。

人口 10.1万，人口密度每平方千米135人。

民族 98%为汤加人，属波利尼西亚人种。

语言 通用汤加语和英语。

宗教 居民多信奉基督教。

首都 努库阿洛法，位于汤加塔布岛北部，人口22 400（1996年）。

国旗 呈长方形，旗面为红色，左上方有一白色长方形，其中有一个红十字。红色象征基督所洒下的鲜血。十字表示这个王国的人民信奉基督教。

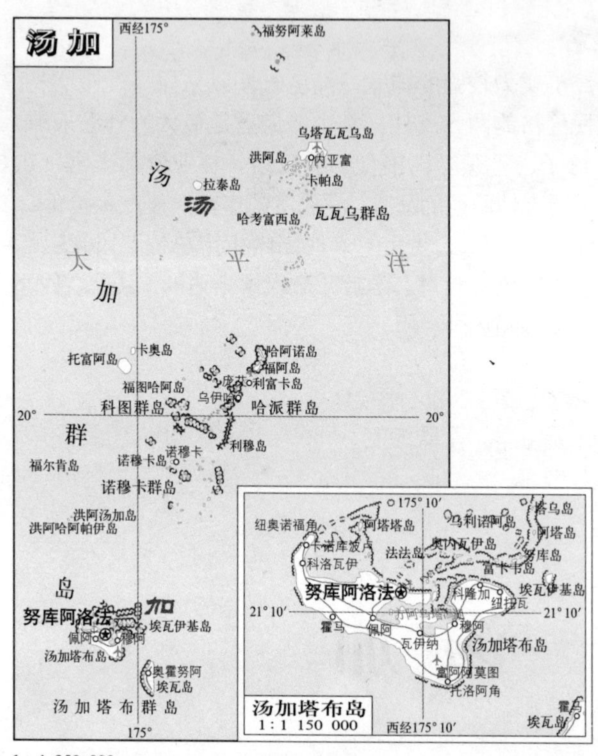

国徽　主体为由六个黄色花冠组成的盾徽，盾面上有五幅图案：盾面中心有一颗白色六角星，星内有一红十字，表示信奉基督教；左上角金底上绘有三颗白色六角星，象征王国的主要岛屿；左下角蓝底上绘有一只衔有橄榄枝的白鸽，象征和平；右上角红底上绘有一顶王冠，象征汤加王朝；右下角黄底上绘有三把交叉而立的银白色长剑，代表汤加历史上的三大王朝。盾徽后面两侧各有一面国旗。盾徽顶端有一较大的王冠，象征汤加是一个君主立宪国家。王冠由橄榄枝环绕。盾徽底部有一条白色饰带，上面写着“上帝和汤加是我所继承的财产”。

货币　潘加，汇率：1美元=2.08潘加(2002年6月)。

自然地理

位于太平洋西南部、国际日期变更线西侧，西邻斐济。由汤加塔布群岛、哈派群岛和瓦瓦乌群岛组成，共172个岛屿(其中36个有人居住)。汤加群岛位于南太平洋的火山地震带上，岛屿大致分为南北向的东、西两列。东列多属珊瑚岛，地势低平，仅个别岛高于海拔30米；西列多为火山岛，地势较高而多山，最高海拔1 125米。群岛东侧的汤加海沟，最深处达10 882米。热带雨林气候。

“鬼岛”

汤加有些活火山在过去一百年当中曾多次喷发后露出海面，然后又在海浪的侵蚀下消失在海平面以下，真有“神出鬼没”之奇。

历史

3 000多年前已有人在此居住。950年起建立王朝。17、18世纪荷兰、英国、西班牙等先后入侵。1900年成为英国保护国。1970年独立，为英联邦成员国。

经济和人民生活

以农业为主，全国30%的人口从事农业。主要农产品有山药、芋头、薯类、南瓜、椰干、香草等。南瓜、椰果和香草为主要出口农产品。粮食不能自给，大米、面粉和部分蔬菜依靠进口。周围海域渔业资源丰富，2000/2001年度鱼类产品产量1 899吨。旅游业在国民经济中占重要地位，2000年，汤接待游客约4万人次，旅游收入1 405万潘加。所产树皮布远近闻名。邮票新颖精细，有“邮票王国”之称。

2000/2001年度国内生产总值1.39亿美元，人均国内生产总值1 400美元。实行免费医疗制度。2001年全国有医院4家，病床302张，医生52名。公办学校对5～14岁儿童实行免费教育。

民俗

以胖为美。认为吃饭时说话是不礼貌的。

军事

有军队400多人，由陆军、皇家卫队和海军组成。另有400多名警察。

密克罗尼西亚联邦

国家概况

国名 密克罗尼西亚联邦（The Federated States of Micronesia），代码FM。

面积 705平方千米。

人口 10.7万，人口密度每平方千米152人。

居民

民族 密克罗尼西亚人占97%，亚洲人占2.5%，其他人占0.5%。

语言 官方语言为英语，方言很多。

宗教 居民多信奉基督教。

首都 帕利基尔，位于波纳佩岛西北部，人口6 300。

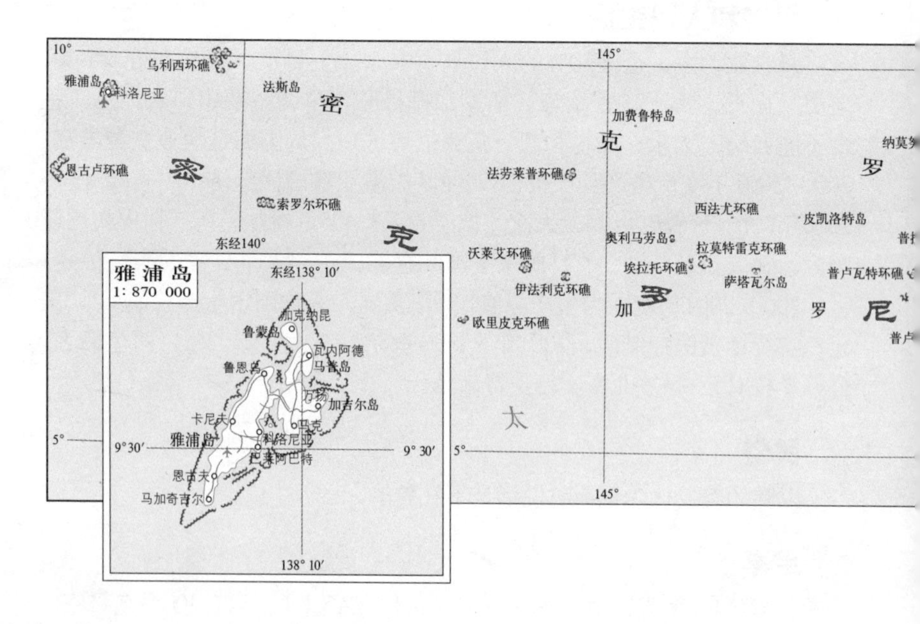

国旗　旗面为浅蓝色，中间绘有四颗白色五角星。浅蓝色象征辽阔的海域，四颗五角星象征科斯雷、波纳佩、丘克和雅浦四个州。

国徽　呈圆形。圆面上部有四颗五角星，象征全国四个州。中间为植物图案。植物下方绶带上用英文写着“和平、统一、自由”。绶带下的1979年表明联邦成立的年代。圆周下部用英文写着“密克罗尼西亚联邦”。

货币　美元。

自然地理

位于北太平洋，属加罗林群岛。由分布在250多万平方千米洋面上的600多个大小岛屿组成。岛上多山地。主要岛屿有雅蒲岛、丘克群岛、波纳佩岛、科斯雷岛等。属热带气候。

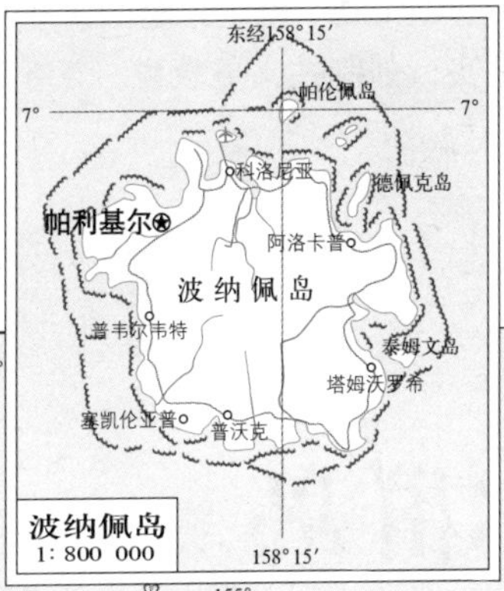

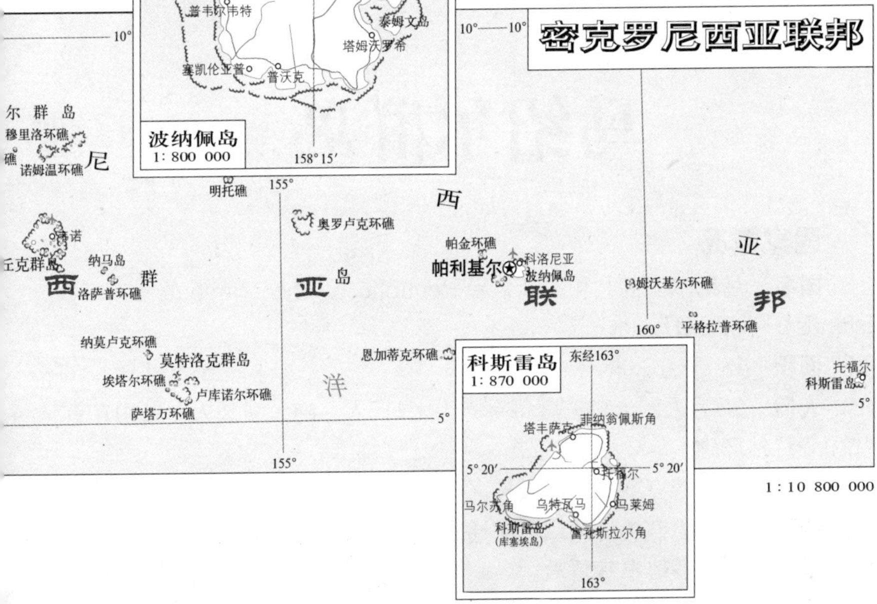

密克罗尼西亚联邦
1:10 800 000

波纳佩岛
1: 800 000

科斯雷岛
1: 870 000

历史

4 000年前就有人定居，16世纪被西方航海者发现。1885年被西班牙占领，后转让给德国。一次大战期间被日本攻占，二次大战中被美国占领。1947年由联合国交美国托管。1979年成立密克罗尼西亚联邦。1990年独立。

经济和人民生活

经济落后，绝大多数人的经济生活以村落为单位。主要农产品有椰子、胡椒、面包果、芋头等。鱼类资源丰富，盛产金枪鱼。2002年国内生产总值2.192亿美元，人均国内生产总值2 039美元。全国有4所医院，病床319张，医生58人。对5～14岁儿童实行强制性义务教育。文盲率11%。

军事

国防由美国负责。

马绍尔群岛

国家概况

国名 马绍尔群岛共和国（The Republic of the Marshall Islands），代码MH。

面积 180平方千米。

人口 5.7万人，人口密度每平方千米317人。绝大多数人口集中在首都和夸贾林环礁上。

民族 多属密克罗尼西亚人种。

语言 官方语言为马绍尔语，通用英语。

宗教 居民多信奉基督教。

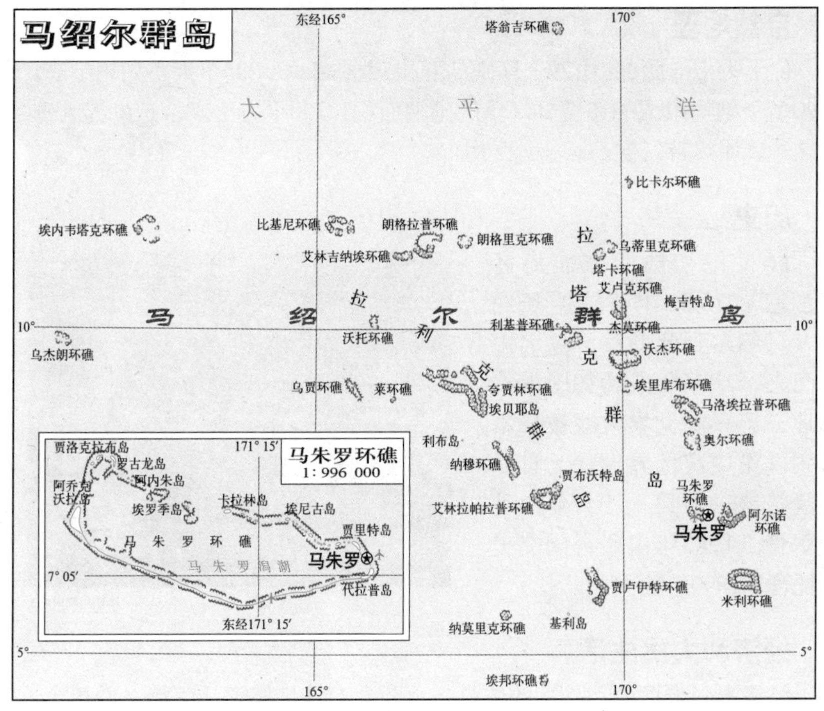

首都 马朱罗，人口23 676(1999年)。

国旗 呈长方形。旗面为蓝色，自左下角向右上角斜伸出两道逐渐变宽的条带，上为橙色，下为白色；左上角有一轮白色太阳。蓝色象征太平洋，橙、白两道宽带表明该国有两列岛链组成；太阳放射的24道光芒，象征该国的24个市政区域。

国徽 呈圆形。圆面中间是一只展翅的海鸟。海鸟之上是太阳。太阳左下侧是石头，是当地人制作手工艺品的工具；太阳的右下侧是鱼网，象征这个国家丰富的渔业资源和有发展潜力的渔业。海鸟左侧的椰树代表该岛国重要的经济作物，右侧的帆船象征岛国的航海和捕鱼业。海鸟下方是航海的导航工具。圆周的上半部用英文写着“马绍尔群岛共和国”。

货币 美元。

自然地理

位于太平洋西部。由29个环礁岛群和5个小岛共1 225个大小岛屿组成。由90多个礁屿组成的夸贾林环礁的礁湖面积1 700平方千米，是世界大礁湖之一。属热带气候。

历史

16世纪初被西方航海者“发现”。1788年英国船长约翰·马绍尔到此勘察，岛名由此而来。1886年成为德国保护领地。第一次世界大战被日本占领。第二次世界大战为日本作战基地。1944～1947年由美国军管。1947年由联合国交美国托管。1990年独立。

珊瑚岛地貌

经济和人民生活

经济上尚未摆脱对外援的依赖。主要农产品是椰子、蔗糖、香蕉等。渔业资源丰富，捕鱼较多。

2001年国内生产总值11 500万美元，人均国内生产总值1 600美元。有医院2所，医生20名，病床113张。对6～14岁儿童实行义务教育。文盲率7%。

军事

国防由美国负责。无军队，有警察170名。

帕 劳

国家概况

国名 帕劳共和国（The Republic of Palau），代码PW。

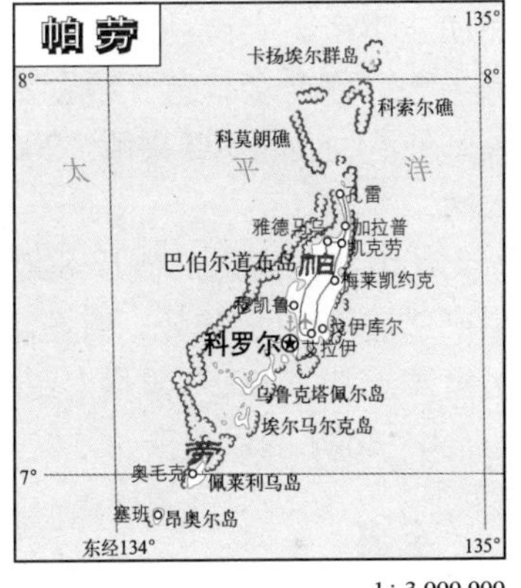

1：3 000 000

面积 458平方千米。

人口 2万，人口密度每平方千米44人。

民族 大多数居民属密克罗尼西亚人种。

语言 帕劳语为官方语言，通用英语。

宗教 73%居民信奉基督教。

首都 科罗尔，人口12 300(1999年)。

国旗 呈长方形，旗面为蓝色，中间偏左有一轮金色圆月，象征民族团结和结束外国统治。

国徽 呈圆形，中间有一座具有地方特色的房屋，下端刻有“1981”字样，表明1981年宪法生效，帕劳共和国成立(当时为自治共和国)。圆环内写着“帕劳共和国”。

货币 美元。

自然地理

位于西太平洋加罗林群岛西部。由200多个火山岛和珊瑚岛(其中9个有人定居）组成。其中巴伯尔道布岛最大，面积352平方千米。属热带气候。

历史

4 000年前就有人在这里生活。1710年被西班牙探险家“发现”。1885

年西班牙占领。1898年后先后被西班牙、德国、日本、美国占领。1947年被联合国交美国托管。1994年结束托管地位。1994年独立。

经济和人民生活

经济严重依赖美国，只有一些最基本的粮食和渔业生产。农产品有甘蔗、椰子、香蕉、槟榔果等。盛产金枪鱼。粮食不能自给。旅游收入是外汇收入的主要来源，2002年游客约47 025人次。

甘甜的椰汁终年可供饮用。

2001年国内总产值1.182亿美元，人均国内生产总值为6 157美元。有医院1所，诊所13所，医生20余名。2002年平均寿命69.2岁。有小学25所，中学6所，大专1所。

军事

根据1994年生效的《帕美自由联系条约》，防务由美国负责50年。无军队。

大洋洲的世界之最

大洋洲是世界上面积最小的洲；
大洋洲是世界上人口最少(除没有国家固定居民的南极洲)的洲；
大洋洲的大堡礁是世界上最大的珊瑚礁群；
澳大利亚的艾尔斯巨石是世界上最大的独石；
新西兰是世界绵羊最多的国家；
新西兰是世界产粗羊毛最多的国家；
瑙鲁是世界上磷酸盐品位最高的国家；
新西兰的首都惠灵顿是世界地图上位置最南的首都。

主　　编：于国宏　州长治
文字编写：本丛书编写组
摄　　影：杨峻崎　明俊富
版式设计：李光辉
审　　校：聂洪文
责任编辑：于国宏
审　　订：范　毅

大洋洲

中国地图出版社编制出版发行
（北京市白纸坊西街3号　邮编100054）
北京通州次渠印刷厂印刷
新华书店经销
890×1240　32开　3印张
2005年4月第1版 北京 第1次印刷
ISBN7-5031-3876-9/K·2192　印数：0001-8000
批准号：(2005)175号　定价：10.00元